Petit homme

DU MÊME AUTEUR

ROMANS

Les Enfants de l'aube (Lattès), 1982.
Deux amants (Lattès), 1984.
La Traversée du miroir (Balland), 1986.
Les Loups et la bergerie (Albin Michel), 1994.
Un héros de passage (Albin Michel), 1996.
Une trahison amoureuse (Albin Michel), 1997.
La Fin du monde (avec Olivier Poivre d'Arvor), (Albin Michel), 1998.

RÉCITS

Le Roman de Virginie (avec Olivier Poivre d'Arvor), Balland, 1985.
Les Femmes de ma vie (Grasset), 1988.
Lettres à l'absente (Albin Michel), 1993.
Elle n'était pas d'ici (Albin Michel), 1995.

ESSAIS

Mai 68, Mai 78 (Seghers), 1978.
Les Derniers Trains de rêve (Le Chêne), 1986.
Rencontres (Lattès), 1987.
L'Homme d'image (Flammarion), 1992.
Anthologie des plus beaux poèmes d'amour (Albin Michel), 1995.
Lettre ouverte aux violeurs de vie privée (Albin Michel), 1997.

Patrick Poivre d'Arvor

Petit homme

ROMAN

Albin Michel

22, rue Huyghens, 75014 Paris

ISBN : 2-226-10658-8

À un petit prince.

« Comme le petit prince s'endormait, je le pris dans mes bras, et me remis en route. J'étais ému. Il me semblait porter un trésor fragile. Il me semblait même qu'il n'y eût rien de plus fragile sur la Terre. Je regardais, à la lumière de la lune, ce front pâle, ces yeux clos, ces mèches de cheveux qui tremblaient au vent, et je me disais : ce que je vois là n'est qu'une écorce. Le plus important est invisible. »

ANTOINE DE SAINT-EXUPÉRY,
Le Petit Prince, 1946.

Maman est morte. J'en suis sûr. Papa m'a juste dit qu'elle avait disparu. Mais je sais trop ce que veut dire disparaître en langage adulte. Ils racontent tous cela, les grands, pour maquiller la mort. Pourtant, mon père n'a pas l'air trop triste. J'ai donc fait comme lui, pour ne pas le contrarier. Je n'en pense pas moins, cette histoire me chiffonne. La preuve : Papa est fébrile, il s'agite dans tous les sens, il est étrange avec ses amis. Il laisse sonner le téléphone jusqu'à ce que le répondeur se déclenche et, si la voix lui plaît, il décroche... Si j'en juge par les monologues qui se perdent dans le désert, il est souvent déçu. Il ne répond qu'à des voix féminines. Il se cache de moi pour leur parler ou dialoguer de manière codée. Mais je comprends tout. Je sais qu'il prépare un coup. Un mauvais coup ? Ce n'est pas son genre. Je le trouve cependant bien peu abattu et virevoltant, ce qui est tout de même curieux pour un veuf aussi frais.

Il est sur le pied de guerre. Je sens confusément que nous sommes en partance. Pour où ?

J'ai oublié de vous dire que je vais sur mes quatre ans.

Je sais, je ne les fais pas. On me donne sept ans d'âge mental, l'âge de raison. Et ça doit vous faire drôle de lire ce cahier de grand garçon, ou de petit homme. C'est comme ça. Ce n'est pas moi qui parle, c'est mon disque dur.

Déjà, dans le ventre de Maman, j'avais entendu une de ses amies un peu fofolle lui raconter des histoires à la Françoise Dolto. Il en ressortait qu'il fallait tout dire à l'enfant, dès sa conception, les ennuis, les divorces, les bébés morts, les disputes avec le père, les joies aussi, encore heureux... La dame avait ajouté qu'à l'instant même je devais entendre ce qu'elle racontait et que cela me ferait du bien. Je l'entendais en effet, de là à m'égayer...

Ma mère, elle, n'y croyait pas. J'ai voulu l'aider en lui donnant un coup de pied pour montrer que j'avais tout enregistré mais, à l'époque, j'avais les jambes trop petites et je me suis inutilement agité dans mon liquide comme un têtard. Elle n'a rien entendu.

C'est quand même ce jour-là que je me suis persuadé de cette histoire de disque dur. Beaucoup plus tard, une fois sorti du ventre de ma mère, et même encore tout récemment avec Papa, j'ai entendu des adultes prétendre qu'avant trois ans on ne pouvait pas avoir de mémoire. Ils se lançaient dans des concours de souvenirs de vieux et personne ne se rappelait de sa très petite enfance. Papa, ce grand dadais — il vient d'avoir cinquante ans —, se désolait. « Quand je pense à tout ce que j'ai fait avec mon petit, pleurnichait-il, c'est comme si ça n'avait servi à rien, il n'en a plus aucune trace. » Gros bêta ! Je passe mon temps à te prouver le contraire. Et quand bien même je ne me souviendrais de rien, faudrait-il que tu me le reproches ? Ne serait-ce pas plutôt pour toi une bonne raison d'agir en égoïste, à l'économie ? Une manière de troc : des cadeaux, des bisous contre une empreinte durable ? Peut-être se demande-t-il aussi ce que je dirai plus tard de lui à ma future amoureuse ou à mes amis ?... Non, je blasphème, je n'ai pas le droit, Papa est un Seigneur, je suis sûr qu'il n'a pas ces pensées-là.

D'ailleurs, j'ai bien vu l'autre jour qu'il est tout prêt à se laisser séduire par les rares poètes de son entourage, ceux qui me connaissent bien (forcément parce qu'ils m'apprécient...). « Ton fils est très mûr, lui disent-ils, c'est une éponge, il s'imprègne de tout, tu verras, plus tard, tu n'auras plus qu'à presser, tout ce jus d'enfance ressortira, intact. » Pressez, les amis, pressez, mais dépêchez-vous, je suis déjà en train de tout raconter.

L'histoire du disque dur, c'est un autre de ses amis, plus terre à terre, qui l'en a persuadé. Passionné d'informatique, il l'a embobiné avec des histoires de mémoire, d'imprimante, de software et de hardware. Il lui a expliqué que, sous les microprocesseurs qui gardent la trace de toutes les opérations sur ordinateur, se trouve un noyau dur que rien ne peut effacer. Avec lui, on ne sort jamais vierge d'une aventure. C'est ce disque-là, lui a-t-il dit, que les enquêteurs, les juges et les policiers viennent traquer au plus près pour connaître les dernières volontés du mort, ses dernières correspondances. C'est un mouchard qui raconte tout, comme pour les chauffeurs routiers qui vont trop vite ou qui dépassent les horaires de travail autorisés.

« Tout le monde a une mémoire d'ordinateur, lui répète son ami, ton petit garçon comme les autres. Et si tu fouilles un peu toi-même, si tu vas t'épancher sur un divan, c'est ton disque dur qui parlera. Ces engins-là, les psychanalystes, c'est leur fonds de commerce. »

Papa sait donc désormais que nous avons

deux disques durs, lui et moi. Et ici, c'est du mien dont il s'agit. Avant de me juger trop précoce pour mon âge, écoutez-moi, c'est une belle histoire.

Je devinais juste. Il y a du mouvement dans l'air. Du déménagement. Papa ne cesse de faire des allers et retours avec le domicile de Maman. Je ne sais pas ce qui lui prend, il me laisse parfois tout seul. A trois ans ! S'il savait que, grâce à mon disque dur, plus tard, je raconterai tout... Il est fou mais maintenant que Maman n'est plus là, il ne risque plus rien. Jusqu'alors, je ne le voyais qu'un week-end sur deux dans sa maison de campagne près de Paris. Un jardin plein d'herbes folles qui me permettait de vagabonder en rêve. Chez Maman, tout est bien rangé, tout est chic, comme le quartier.

Papa et Maman étaient séparés depuis quelque temps. Ils se disputaient ma garde comme des chiffonniers bien avant ma naissance. Papa ne possédait pas les meilleurs atouts dans son jeu : il avait été marié puis divorcé… je sais qu'il avait aimé Maman et qu'il se dispersait comme le font souvent les hommes qui, au contraire des femmes, n'arrivent jamais à choisir.

Maman non plus n'était pas une sainte. Elle avait pris un amant qui n'était pas du meilleur goût : beaucoup de poils dans le dos… Un chat de gouttière qui découchait tout le temps, qui dormait dans deux ou trois appartements à la fois, qui donc ne dormait pas vraiment, ne se lavait pas davantage et sentait mauvais. Seuls les petits enfants devinent ça à dix mètres. Et comme l'autre essayait de m'amadouer, m'attirant à lui pour me glisser des baisers mouillés dans le cou, il m'était rapidement devenu insupportable. Ce matou puant avait des yeux jaunes et des lèvres tellement fines qu'on eût dit des lames de rasoir. A l'odeur, je savais qu'il allait voir d'autres femmes que Maman, et pas du plus joli monde. Ses yeux d'hypocrite me jetaient parfois des éclairs quand Maman avait le dos tourné. Il savait que je savais tout et que jamais je ne l'accepterais pour père de remplacement. Et sans doute voyait-il en moi le clone de mon papa, qu'il avait dû naguère admirer, qu'il détestait aujourd'hui, dont il devait être jaloux alors qu'il lui avait volé sa femme… Ces adultes !

Yeux jaunes était rusé comme un Sioux. Il essayait de me soutirer des informations sur les week-ends que je passais avec Papa. Où cela ? Avec qui ? Je savais bien qu'il répétait tout à Maman et qu'il avait surtout besoin de disposer d'armes pour que plus jamais elle ne se remette avec le père de son enfant. Au début, j'ai péché par naïveté. Je me souviens lui avoir parlé dans mon langage de bébé sortant de ses couches — quand je me réécoute sur mon disque dur, quel charabia ! — d'une grande fille du Nord magnifiquement magnifique, de celles qu'on met en couverture des magazines pour faire croire à des lectrices moins gâtées qu'il y a un Paradis sur terre et qu'elles peuvent toujours en rêver. Si elles savaient, les pauvres !

La jeune Batave qui avait été si douce avec moi et qui savait si bien parler le langage bébé était malheureuse comme les pierres. Elle riait tout le temps très fort pour cacher son mal-être, les hommes étaient à ses pieds ; je savais, moi, qu'elle était profondément triste. Ces créatures n'appartiennent vraiment à personne, sauf aux camionneurs qui affichent leurs photos partout. Elles sont déracinées. On leur a enlevé père et mère, on les a trimbalées comme du bétail d'agences en défilés, de maquilleurs en maquignons. On les a brinquebalées de Londres à Milan, de New York à Düsseldorf et quand elles passent par Paris, c'est pour tomber sur des types à problèmes comme Papa, déboussolés eux aussi.

De mon lit, j'ai un jour écouté un de leurs dîners. C'était pathétique ; tantôt elle riait aux larmes, tantôt les larmes coulaient plus doucement — et si joliment que je les entendais cheminer sur son visage d'angelot blond. Et lui, l'imbécile, qui croyait la consoler en lui disant que tout le monde passait par des périodes de souffrance. Bien sûr, ce vieux nigaud ne pouvait s'empêcher de se raconter, d'évoquer Maman dont il disait qu'il ne l'aimait plus, que c'était une traînée. Tu parles ! Moi, je savais que c'était faux, il me disait le contraire et je ne l'ai jamais entendu prononcer devant moi un mot déplacé sur Maman. Il n'avait pas intérêt, je l'aurais mordu et je ne lui aurais plus jamais parlé de ma vie !

D'ailleurs, il me répétait sans arrêt que j'avais de la chance, que j'avais des parents extraordinaires. Je n'osais pas lui répondre que, s'ils étaient si chouettes que ça, ils n'avaient qu'à vivre ensemble avec moi !

De temps à autre, pendant cette période convulsive qui dura deux jours, je demandais à Papa de l'accompagner chez Maman quand il allait y chercher mes affaires. C'était obsessionnel, j'avais envie de vérifier par moi-même qu'elle ne bougeait vraiment plus et comment c'était une maman morte. Car c'était sûr : puisque je ne la voyais pas, qu'elle ne venait plus jamais chez mon papa et que c'était pas possible qu'elle ne m'aime plus, c'est sûrement qu'elle était morte. D'ailleurs, quand je posais des questions à Papa, il prenait toujours un drôle d'air et s'embrouillait dans ses réponses. Il essayait même, parfois, de me faire croire qu'elle n'était pas morte, mais moi je n'y croyais pas, il avait l'air tellement gêné ! Je crois que Papa ment pour que je ne pleure pas. Elle ne pouvait être ailleurs qu'au ciel, puisqu'elle n'était pas avec moi. C'est à ce moment-là qu'il a commencé à me dire que j'avais raison, qu'elle était partie dans les nuages et qu'elle n'avait pas eu le temps de passer par la maison pour me dire au revoir, qu'elle s'était excusée auprès de lui — je n'en croyais pas un mot — et qu'elle viendrait très vite me parler. Elle avait, me disait-il, beaucoup à raconter sur ce qu'elle vivait là-haut. Il a ajouté que, vu sa position désormais, elle savait tout de moi. Il allait donc falloir que je me tienne à carreau. Il m'a dit aussi que, là où elle était, elle nous protégeait. Des mots, tout ça. Je la veux tout à moi. Je priais très fort pour qu'elle arrive vite et qu'elle échange avec moi ses impressions d'un monde qui ne me disait rien du tout. On ne m'en avait pas parlé auparavant, j'avais à peine quatre ans, je n'en avais rien lu et je me sentais démuni face à cette affaire-là qui ne faisait apparemment souffrir personne à la maison.

Peut-être m'en dirait-on davantage demain à l'école que je fréquentais depuis trois mois, le matin seulement. Peut-être même qu'ils seront encore plus gentils avec moi quand ils sauront que Maman est morte. J'avais repéré une petite fille qui me dirait forcément la vérité. C'était la seule à pleurer encore quand sa maman la quittait après l'avoir accompagnée en classe. Elle sentait divinement bon cette maman-là, et j'aimais bien frôler sa jupe en faisant semblant de chercher mon chemin pour mettre mon tablier. Son parfum me donnait du courage pour toute la matinée (attention, j'aimais aussi beaucoup l'odeur de ma maman à moi, mais, je ne sais pas pourquoi, les effluves de cette dame me troublaient bien différemment). Je me disais qu'une petite fille qui pleurait chaque fois que sa maman partait, alors qu'elle savait par habitude qu'elle la retrouverait trois heures plus tard, pourrait m'aider à comprendre pourquoi il était normal de ne pas pleurer quand sa mère disparaissait pour de bon. Je comptais aussi, plus secrètement, sur les trois ou quatre autres petites filles qui me faisaient la cour, à leur manière, déjà sucrée, parce que j'avais de jolies boucles blondes et qu'on disait, peut-être pour me faire plaisir, que j'étais un très mignon petit garçon. Les filles, c'est beaucoup plus malin que nous, et ça doit forcément en savoir davantage sur ces histoires de vie et de mort.

Je suis sûr de ce que j'avance parce que l'une de ces filles-là, Domino, a failli me donner sa mort. Elle est arrivée un jour à l'école avec des boutons sur la figure. La varicelle, a dit la maîtresse. Domino m'a fait un bisou comme chaque matin, puis une heure plus tard, sa nounou prévenue, elle est repartie sans que cela choque personne. Je ne l'ai jamais revue. Quelques jours plus tard, c'est moi qui avais des boutons, dans le dos d'abord, puis au coin des lèvres. Papa est venu me chercher à onze heures et demie, c'était un vendredi, et m'a regardé avec un drôle d'air. Il a été encore plus gentil avec moi que d'habitude, m'a parlé bébé comme si j'étais malade et m'a rendu le soir aux parents de

Maman. J'ai cru qu'il voulait se débarrasser de moi parce que j'étais contagieux mais il m'a expliqué qu'il devait être hospitalisé le soir même pour des problèmes de cœur. Je me suis dit qu'il devait encore avoir de la peine à cause de Maman ; je croyais alors qu'on pouvait soigner ces peines-là à l'hôpital. Il m'a juré que ce n'était pas grave et qu'il ne s'agissait que d'examens. J'avais quand même un peu peur.

Yeux jaunes a senti la faille de l'armure. Le surlendemain, j'ai surpris une conversation de Maman avec ses parents. Il avait dû semer le doute et expliquer que c'est Papa qui m'avait donné la varicelle. Ses parents ont dit que ça n'arrivait jamais et lui ont confirmé que j'avais déjà des boutons quand il m'avait raccompagné l'avant-veille. Yeux jaunes a ricané aux côtés de Maman qui pourtant n'avait pas besoin de cela pour s'inquiéter. Il a plaisanté sur la petite vérole et lui a dit que j'aurais des cicatrices à vie si jamais je me grattais. Il a parlé d'un certain Casanova à qui il rêve de ressembler bien qu'on lui ait dit que ce type était resté grêlé de visage toute sa vie. « On appelait ça à l'époque la petite mort », persifla-t-il. Maman lui a dit que ce n'était ni la vérole ni la variole, mais la varicelle. Il n'empêche que c'était la première fois que j'entendais parler de la mort et je m'apercevais qu'on s'en esclaffait. Le mal était fait. Méchant, Yeux jaunes.

De toute façon, j'en aurai le cœur net dès demain à l'école, me disais-je donc quand Papa est arrivé, presque triomphant, d'une ultime escapade chez Maman. « J'ai ton passeport », a-t-il dit. Il m'a montré un petit carnet rouge sang-de-bœuf. J'ai vu ma photo, je me suis trouvé vaguement ridicule avec mes grosses joues et mon sourire satisfait devant l'objectif.

« Ça y est, a-t-il poursuivi, demain nous partons. Tu n'iras pas à l'école. »

J'étais triste parce que je ne saurais jamais pour la mort.

On est partis le soir même, à l'heure où il me raccompagnait habituellement chez Maman, ou chez mes grands-parents quand mes géniteurs étaient brouillés plus que d'habitude. Les parents de Maman m'aiment beaucoup. Pourtant, ils ont beau me faire manger et manger, ils me trouvent toujours trop maigre. Ce qu'ils ne savent pas, c'est que je joue tellement au football avec Papa que je n'aurai jamais un poil de graisse. Alors, comme je ne grossis pas, ils me couchent tous les soirs à huit heures mais je ne dors pas tout de suite. J'écoute et je pense. Je me dis que les vaches engraissent en dormant dans leur étable et que moi, je n'y arriverai jamais.

Je ne sais pas pourquoi Papa ce soir est

aussi pressé. J'aurais bien aimé dire au revoir à ma maîtresse, Mlle Véronique, qui était si gentille avec moi et qui me parlait comme à une grande personne.

Pour la douzième fois de la journée, Papa m'a demandé si je l'aimais. Ce qu'il m'agace ! « T'aime pas », lui ai-je répondu pour la douzième fois. Je ne lui ai jamais parlé différemment. Je ne sais pas pourquoi. D'autant que ça ne le décourage pas. Invariablement, il éprouve le besoin d'ajouter : « Et Maman, tu l'aimes ? » Pour l'énerver définitivement, je réponds : « T'aime Maman. » Il ne s'offusque pas, fait juste semblant d'être en colère, cale ma tête dans ses bras et me dit : « Si tu ne m'aimes pas, je ne t'aime pas, tu es mon vilain petit garçon. » Je rigole, il rit et répète : « Vilain. » Je rigole encore, et en général on se roule par terre l'un sur l'autre. J'adore ça.

C'est étrange, cette façon qu'il a de demander si on l'aime. J'ai l'impression que, sans le formuler pareillement à d'autres que moi, il est perpétuellement en train de quémander de la tendresse, de se regarder dans sa glace en disant : « Miroir, mon beau miroir, m'aimes-tu ? » Mais oui, on t'aime, vieux cocker, avec tes airs apitoyés, ta langue pendante, tes yeux de bon toutou. Cela dit, si tu veux un conseil de fils, on t'aimerait encore davantage si tu nous le demandais moins souvent.

Le petit chien a cessé de pleurnicher et nous avons démarré.

Papa a une voiture décapotable qui me plaît beaucoup. Il me semble que c'est le premier mot compliqué que j'ai su articuler. Papa, décapotable, j'en étais soûlant à force de répéter ça à tout le monde.

J'ai voulu qu'on décapote. J'aime bien avoir la tête à l'air et voir les cheveux de Papa dans tous les sens. Ça le change. Il a l'air d'un gamin quand il sourit dans le vent et d'un vieillard quand il est triste. Ce soir, il est fiévreux, excité à l'idée d'une nouvelle aventure. Pourtant il n'obéit pas à mon souhait. Je le tympanise. « Non, non, répète-t-il gentiment, il va faire nuit et on n'est que début mai. Demain, promis. »

Peu à peu l'obscurité nous enveloppe et

notre conversation se transforme en bonbon. C'est doux, je suis bien. Je me suis assis comme un pacha sur l'accoudoir qui sépare en deux le siège arrière. De temps à autre, dès qu'il freine, Papa tend le bras entre son siège et celui du « mort » (Maman ?), pour m'empêcher de basculer vers l'avant. Je suis déséquilibré, je heurte son bras, il est ferme, dur comme du bois. Pour moi, c'est ça un papa, c'est un bras plein de muscles pour vous protéger de tout. Avec mon père, j'irais jusqu'au bout du monde.

Son monde à lui, il a un début et une fin. « C'est pas la fin du monde », me dit-il chaque fois que j'ai un petit chagrin ou une contrariété. Et le début de son monde, c'est sa ville natale. C'est là qu'il a décidé de m'emmener cette nuit.

J'adore l'autoroute. J'essaie de regarder s'il y a des petits garçons dans les voitures que l'on double. Mais non, ils sont tous dans celles que l'on croise et qui se dirigent vers Paris. Ils sont bloqués dans les embouteillages du dimanche soir. Nous, on glisse sur le bitume, on est tout seuls dans notre sens. On est libres. Je suis le roi du monde.

Papa a deviné. Il a crié parce qu'on va très vite :

« Je suis le Roi Lion. Tu es Simba, le Bébé Lion. »

Et il a rugi.

« Non, pas bébé, Roi Lion », ai-je répondu, tout à ma béatitude.

« Alors, on est deux Rois Lions », a-t-il hurlé dans le vent qui s'engouffrait par sa fenêtre.

J'ai fait de même sur mon accoudoir. Il a cru que c'était le bon moment.

« Tu l'aimes, ton papa ?

— T'aime pas. »

Na !

De loin, de très loin, au-delà de l'autoroute, a surgi une cathédrale illuminée. « C'est là que j'ai été baptisé, m'a-t-il dit, surexcité, et que j'ai fait ma communion solennelle… » Tout ça ne me disait évidemment rien du tout. Alors il m'a expliqué, patiemment. J'en ai surtout retenu qu'on lui avait donné à boire un peu de champagne pour son baptême, ce qui m'a paru incongru pour un nourrisson de trois ou six mois, il ne se souvenait pas exactement. « De toute façon, à cet âge-là, on ne se souvient de rien. Et toi, tu ne te rappelleras même pas ma cathédrale. » Allons bon, il recommence. Tu vas voir si je ne me souviens de rien. Je vais te la raconter, ta cathédrale de baptême et de communion.

J'ai d'ailleurs demandé à la visiter tout de suite. Mais c'était trop tard. La lourde porte branlait sous les efforts de Papa mais ne s'ouvrait pas. J'ai poussé à mon tour. Il s'est moqué de mes muscles de poulet. « Moi pas poulet, Roi Lion. » On a ri et on a fait demi-tour sur le parvis traversé d'un vent frisquet. « On reviendra demain, m'a-t-il dit. Et on ira voir la maison où je suis né. »

On a roulé tout doucement dans la ville endormie. Il regardait les plaques de rues, me racontait des histoires incompréhensibles sur son enfance. Je fermais l'œil, il était bien tard pour un petit garçon, je me laissais bercer par son monologue. Il ne me posait plus de questions. J'ai l'impression qu'il avait aimé cette ville, puis l'avait haïe, comme Maman peut-être ; c'est toujours plus compliqué qu'il n'y paraît avec les adultes.

Il me semblait exalté. De ses propos incohérents, je retirai le sentiment que ce pays-là s'était accroché à ses souliers comme de la glaise, qu'il avait fourni un gros effort pour s'en dépêtrer et monter à Paris, mais que sa terre lui manquait, confusément. Et qu'il fallait qu'elle le paie.

Il vit que je m'endormais et que j'étais descendu de mon accoudoir, il accéléra et nous parvînmes à un château qui me parut splendide. Je crus qu'il était né là. « Non, c'est notre hôtel », dit-il en me portant dans ses bras. Un domestique nous suivait avec les bagages. Voilà un conte de fées tel que me les raconte parfois Francisca pour que je m'endorme.

Francisca, c'est ma nounou. Je n'y ai presque pas pensé de tout le week-end et voilà qu'elle gratte à ma mémoire. J'ai pleuré tout doucement pour que Papa ne me voie pas. J'aime beaucoup Francisca et elle aussi. Elle est espagnole et me parle très souvent dans sa langue, depuis mon plus jeune âge. Je lui réponds toujours en français mais mon disque dur me dit qu'un jour, soudainement, tout ce que j'ai emmagasiné ressortira à gros flots et que je lui parlerai alors espagnol. Francisca me manque. Chaque jour ou presque, elle m'emmène dans une église. Je ne crois pourtant pas qu'elle soit aussi catholique que les gens de son pays, elle a à peine trente ans, mais elle a dû sentir que j'aimais bien l'atmosphère des églises, leur calme et leur fraîcheur. Demain, dans la cathédrale, je demanderai à Papa qu'on allume un cierge pour elle.

Papa a vu que j'avais un peu pleuré. Il a cru que c'était à cause de Maman. « Ne sois pas triste, petit homme, elle reviendra bientôt dans tes rêves. » Je lui ai demandé comment cela était possible. Il m'a donné des explications confuses. Ce n'est pas de sa faute, il ne sait pas que je ne rêve pas. Ou plutôt que je ne sais pas faire la différence entre songe et réalité. Chez Maman, quand je m'endors, j'aime bien l'entendre parler au téléphone, ou Francisca chanter dans la salle de bains. En week-end chez Papa, j'écoute ses amis. Je ne sais pas à quel moment je bascule vers un autre monde. Ces voix m'accompagnent dans la nuit et résonnent différemment au fil de mon sommeil. Je rêve que tout le monde est heureux et s'occupe de moi. Le monde, hélas, n'est pas à l'image de ce que je souhaite, Maman n'a pas été heureuse avec Papa, je ne suis pas heureux avec Yeux jaunes. Seule Francisca m'a l'air heureuse avec son amoureux. Pourquoi faut-il que tous les miens ne m'aiment que pour masquer leur propre désespoir ? S'ils croient que tout cela ne me saute pas aux yeux !

Comme Papa m'a eu l'air attendri en devinant ma tristesse passagère, je lui ai demandé de téléphoner à Maman.

Il a décroché le combiné, puis s'est repris :

« Ça n'est pas possible.

— Comment ça, ça n'est pas possible ?

— On ne peut pas lui téléphoner là où elle est. »

Je n'ai pas insisté : Papa avait l'air vraiment énervé. J'ai juste dit, avec ma petite voix de faux timide :

« Et c'est où, là où elle est ?

— Là-haut.

— Mais justement, ai-je argumenté dans un charabia que j'essaie de résumer en style de grande personne, là-haut ils ont tout ce qu'il faut. Tu m'as déjà expliqué que la télévision, le téléphone, les portables et tout et tout, ça venait du ciel. »

Il fallait le voir parler technique, alors que je sais pertinemment qu'il n'y connaît rien du tout, qu'il a toujours besoin de quelqu'un pour enregistrer un programme au magnétoscope et qu'il arrive tout juste à y fourrer une cassette pour regarder avec moi *Aladdin, Blanche-Neige, Pinocchio* ou *Le Roi Lion*...

J'ai reformulé mon exigence : « Téléphone Maman. » Il m'a redit que c'était impossible, que ça ne dépendait pas de lui, que demain on essaierait. Bref, il cherchait à m'embobiner. J'étais fatigué, j'ai pleuré, je n'aurais pas dû. Pour la première fois depuis le début du week-end, je l'ai senti désemparé. Son excitation était retombée. Il ne savait plus quoi faire de moi et de notre solitude. Il manquait quelqu'un.

Comme c'est un bon papa, il décida de ne pas me coucher dans le petit lit à barreaux prévu à mon intention. Il me prit dans le sien, immense, surmonté d'un immense baldaquin. C'était la première fois que je dormais dans une couche aussi royale, si haute et sans frontières. Par crainte de me voir tomber pendant la nuit, il alla garnir le côté opposé du lit d'une montagne d'oreillers et ajouta couvertures, peignoirs et draps de bain sur le tapis pour atténuer l'impact de mon éventuelle chute nocturne.

Il me déshabilla, me mit une couche — je n'en suis pas fier, à mon âge je n'ai pas encore réussi à me discipliner — et m'enfila le pyjama que j'aime bien, celui avec les petits chiens.

Il était bien tard, presque minuit, me dit-il, pourtant je gigotais encore comme une puce. Un si grand lit pour moi, l'excitation du voyage, la découverte de ce château-hôtel plus beau que dans tous les dessins animés. Et surtout, sans doute, le bonheur d'être protégé dans ma nuit par un corps aussi fort. « Mon grand dauphin », lui disait Maman. Un corps de père pour moi tout seul.

A force de gesticulations et de bagarres avec Papa, je finis par m'endormir.

Toute la nuit, il me regarda. Je le sus à sa petite mine au réveil. Et parce qu'en rêve je l'ai vu se pencher sur moi. Mon papa, c'est un arbre, j'aime bien ses branches qui me portent quand je suis fatigué. Et ses racines qui s'enfoncent si profond dans le sol de ses souvenirs.

Comme promis, le lendemain matin, il m'emmena à la cathédrale. Il faisait très froid et très sombre. Les vitraux de la rosace centrale y jetaient une lumière mauve qui incitait au recueillement. Instinctivement, je chuchotai, je lui demandai tout bas de me porter pour me montrer ce qu'il y avait dans ce bénitier où il venait de tremper la main. Je regardai l'eau, en respirai l'odeur qui me parut sympathique. Je laissai Papa me faire le signe de croix en mouillant un peu trop mes cheveux.

Tout au fond, un orgue jouait une musique angélique. Un badaud aux yeux bridés courut derrière mon père, lui prit la main avec effusion. Peut-être pour lui faire plaisir,

Papa fouilla dans sa poche et mit deux pièces dans un tronc qui résonna de contentement. Je voulus faire pareil. « On va en chercher un autre », me dit-il. Il s'arrêta devant une statue de saint Antoine et m'expliqua que tous ceux qui avaient perdu quelque chose déposaient quelques piécettes à ses pieds pour avoir une chance de le retrouver.

« Mets-lui donc une grosse pièce ou un billet, lui dis-je.

— Qu'est-ce que tu as donc perdu ?

— Maman.

— Maman, ce n'est pas quelque chose, c'est quelqu'un, me dit-il.

— Alors, va chercher la statue de celui qui retrouve les quelqu'uns.

— Il n'y a pas de saint pour ça, répliqua Papa qui se trouvait bien mal embarqué.

— Papa, suppliai-je. Fais quelque chose, je veux qu'on la retrouve ! »

Il ne savait que faire. Puis il eut une idée. « On va aller voir la Vierge Marie. » Devant la statue qui dominait une petite chapelle pour elle toute seule, il me raconta qu'elle était la Mère du Christ et que, mieux qu'une autre, elle pouvait comprendre les souffrances des petits garçons parce que son fils à elle était mort sur la croix, sous ses yeux, dans d'atroces souffrances.

J'étais interloqué. Je ne comprenais pas que ce Dieu que chacun vénérait ici, et qui se disait Papa du Christ, ait toléré pareil scandale.

« Et si j'ai mal, lui dis-je, si on me met des clous dans les pieds et les mains, tu viendras me les retirer ?

— Bien sûr, mon bébé, et jamais personne ne te fera du mal en ma présence, je préférerais qu'on me découpe en petits morceaux. »

J'imaginai un instant mon père réduit à l'état de petits cubes de jambon et je me dis que, décidément, Dieu était nul. Avoir permis que son garçon — même à trente-trois ans, ça doit faire encore jeune — soit crucifié sous son nez, mais où donc avait-il la tête ? Au moins, mon père à moi, on pouvait compter sur lui.

Toute cette affaire m'avait détourné de

mes interrogations sur Maman et saint Antoine ; Papa en parut soulagé.

Comme il y avait dans la chapelle de la Vierge nombre de plateaux pour supporter des bougies, je me rappelai la promesse que je m'étais faite la veille. J'ai demandé à Papa qu'il allume un cierge pour Francisca. On va prier pour elle, dit-il en mettant une grosse pièce dans le tronc et en allumant de son côté une bougie pour sa maman disparue quand il avait douze ans. Il m'en parlait parfois, toujours avec l'œil humide. J'évitais donc de le questionner. Mais quand je vis ce lumignon allumé pour une morte, je demandai qu'on fit de même pour ma maman à moi. Il alluma une autre bougie, mit la tête dans ses mains et pleura à chaudes larmes comme je ne l'avais jamais vu s'abandonner.

Je me jurai en cet instant-là de ne plus jamais lui parler de Maman pour ne plus lui faire de peine. Peut-être quand même en dirai-je encore un mot en cachette, si c'est plus fort que moi.

En sortant de la cathédrale, Papa m'emmena là où il était né. C'était à cinq cents mètres à peine. Je n'ai pas osé le lui dire, mais qu'est-ce que c'était moche ! On était loin du château de cette nuit. Il le comprit à ma moue et m'entraîna bien vite vers sa première école. Du haut de son grenier, me dit-il, sa maman le surveillait pendant les récréations. Il paraît qu'il était très sauvage, ne parlait à personne et faisait rouler sa petite voiture sur la rainure du mur de la cour.

Moi aussi j'aime beaucoup les petites voitures et j'avais du mal à imaginer mon père en culottes courtes, poussant son jouet comme je le faisais à l'école ou à la maison. Quelle mine faisait-il quand il était tout petit ? Portait-il déjà ses rides qui le rendent de temps à autre si malheureux ? Possédait-il alors le sourire magique qui me laissait croire qu'avec lui rien n'est impossible ? Les femmes qui le regardaient devaient avoir parfois la même impression que moi, je m'en rendais compte et, en cet instant, je les aurais griffées.

Et moi donc, quelle tête aurais-je à cinquante ans ? Celle d'un vieux bébé bouclé ? Papa m'avait montré des photos de lui à mon âge, la ressemblance était troublante. J'aimerais bien devenir aussi grand que lui, avec un peu plus de cheveux et un peu moins voûté tout de même. Il me donne le sentiment de porter tout le malheur du monde sur ses épaules et, quand il n'y a pas de malheur à l'horizon pour lui, de se charger de celui d'autrui. C'est peut-être une ruse. Il paraît si souvent triste qu'on a envie de le consoler. Je crois que c'est pour cela qu'il fait fondre tout le monde, et moi le premier. J'aime le protéger.

Pas de chance, pauvre Papa, l'école a disparu. Elle a été remplacée par un immeuble d'habitations de brique. Il en est tout marri. C'est son enfance qu'on lui a volée. Alors il me raconte ses maîtresses, ses blouses grises, les nattes de la petite fille de devant dans l'encre violette, les punitions sous le bureau d'une grosse institutrice qui sentait les bas nylon mal rincés.

Il évoque encore ses billes, des calots, des agates, des porcelaines. Quand il me garde chez lui le samedi ou le dimanche, nous jouons avec des pierres semi-précieuses qu'il a rapportées de Madagascar. Pour l'instant, c'est toujours lui qui gagne mais dès que je vais commencer à chouiner, il me laissera gagner, j'en suis sûr. Il est si indulgent avec moi. Il ne faut pas trop que j'en profite, j'ai entendu dire que les divorcés ont tendance à s'excuser d'avoir laissé leur progéniture au bas d'un contrat déchiré. On les repère à cent mètres tous ces papas amputés de leur bébé, qui se les louent le week-end comme on le ferait d'un smoking et qui les rendent le dimanche soir la mort dans l'âme.

Après l'école primaire, il y eut le lycée,

hideux avec sa sculpture déjà rouillée paraît-il le jour de l'inauguration, quand Papa entra en sixième. Puis le bouquiniste chez qui il acheta ses premiers livres de poche, et enfin le marchand de jouets d'à côté parce qu'il se rendit compte que c'était plus attractif qu'un libraire pour un enfant de mon âge. Il y avait là des peluches magnifiques. Il m'acheta un léopard plus grand que moi et se moqua d'un immense chien tout fripé, copie conforme de celui qu'un vieux beau, amant de ma mère, avait voulu m'offrir pour essayer de s'attirer mes bonnes grâces... Faites rire l'enfant, vous aurez la maman... Quand il avait appris ça, Papa était entré dans une rage froide, il avait jeté la grosse peluche dans la cour intérieure. En tombant, elle avait émis un bruit mou, ridicule comme celui d'une bouse de vache qui tombe dans l'herbe.

Dans la boutique de jouets, Papa tira la langue à ce pauvre chien grotesque qui, avec ses bajoues, ressemblait à son donateur. Je ne sais pas ce qui me prit, je fis une grosse bêtise. J'ouvris ma braguette. Papa fit mine de m'en empêcher puis s'étrangla quand il me vit réellement faire pipi sur la peluche. Il avait beau me serrer le bout du zizi, ça coulait de partout. Plus je riais, plus je m'oubliais. Nous partîmes du magasin dans une grande confusion et, sitôt arrivés dans le passage couvert qui longeait les boutiques, il me prit à bout de bras, me fit sauter en l'air et me serra très fort contre sa poitrine. Sentir mon pipi tout chaud sur sa chemise lui donnait autant de bonheur qu'à moi.

Toutes ces aventures avaient renvoyé Papa à son enfance. Je n'étais pas le plus gamin des deux. Il voulut me parler du football qui avait bercé ses rêves de gosse. On alla voir le vieux stade tout craquelé, qui fit il y a quarante ans, à l'en croire, la gloire de la ville. J'essayais d'écouter sur les banquettes en béton l'écho des clameurs d'antan. Papa me disait que, de sa chambre le soir, quand le vent était bien orienté, il pouvait deviner à un but près ce qu'allait être le score du match. Il lui suffisait d'additionner les oh et les ah, il savait instantanément s'il y avait but pour son équipe ou pour l'adversaire. Il savait même décrypter le son d'un penalty raté.

Sous le béton jauni de ce stade dont un

voisin nous confia qu'il n'était plus aux normes et qu'on allait le démolir, Papa se dit ce matin-là que tous ses souvenirs allaient à l'encan, partaient à la ferraille. Il sortit du coffre le ballon qu'il avait acheté en même temps que le léopard et nous jouâmes tous deux sur les bords du canal. Je l'étonnais parce que je jouais du pied gauche et mangeais de la main droite. Comment écrirai-je plus tard ? Il était obsédé par l'idée que je tiendrais un jour un journal et par ce que je pourrais bien raconter de lui dans vingt ou trente ans. Ne te fais pas de bile, petit Papa, pour le moment, c'est mon disque qui enregistre, qui mémorise et qui restituera tout cela quand il le faudra. Arrête de vivre à travers le regard des autres, surtout d'un petit mioche comme moi. Agis à ta guise, personne ne te juge, surtout pas moi. Je me contente de t'aimer comme tu m'aimes. Et c'est déjà beaucoup. Mais je ne te le dirai jamais. T'aime Papa. Plus tard, c'est promis, je te l'écrirai. Tu seras peut-être déjà mort, comme Maman. A quoi ça sert d'attendre si longtemps pour lire au Paradis ce que je pense de toi ? Vis, Papa, profite de moi, ça peut s'arrêter si vite.

Pour finir, d'ailleurs, on est allés au cimetière. Papa a décapoté la voiture, il y avait un rayon de soleil. Devant le portail, il a attendu l'arrivée d'un convoi funéraire et, pas gêné, il l'a suivi à lente allure. A l'intersection de deux allées, devant le bronze d'un prêtre réfractaire couché avec un petit bouquet de fleurs à la main, il a quitté le cortège et a roulé plus vite, comme un perdu, entre les tombes. Il m'a dit que c'était interdit parce que les morts avaient droit au silence. J'ai donc cru qu'on allait enfin voir Maman. Pour la centième fois, il m'a répété qu'elle n'était pas chez les morts, mais qu'elle était au ciel, tout là-haut, au-dessus de nous.

J'ai insisté :

« Et pourquoi les autres, ils sont en bas, sous les grosses pierres avec les croix ?

— Parce qu'ils ont déposé là leur corps, comme tu le fais au vestiaire à l'école avec ton tablier. Mais leur âme s'est envolée. Et c'est ça qui compte.

— L'âme, ça compte plus que le corps ?

— Oui.

— Où est-ce qu'elle est mon âme ? Dans mon cœur ? Dans ma tête ?

— Elle est partout en toi. Le corps, ce n'est qu'une enveloppe. Ce qui est important, c'est ce qu'elle renferme. Et toi, mon petit gars, je peux dire que tu as une très belle âme.

— Tu n'en sais rien, tu ne l'as pas vue. Je ne suis pas mort.

— Mais si, je la vois tous les soirs quand tu dors. »

Alors là, il m'a bien eu. D'autant que je résistais toujours de toutes mes forces pour ne pas m'endormir.

Quand même…

« Puisque je n'ai pas le droit de voir le corps de Maman, je voudrais voir son âme.

— Impossible.

— Tu vois, tu me mens, tu viens de me dire que tu pouvais regarder mon âme.

— Tu m'embêtes. Toi, tu n'es qu'un petit garçon. A peine aussi gros qu'un têtard. Et un têtard, c'est transparent, on voit tout à l'intérieur. Une maman-grenouille, c'est pas pareil.

— Et pourquoi donc ?

— Parce que c'est une fée. Et une fée, ça ne se balade pas la nuit dans les cimetières ou les jardins d'enfants. Une fée, ça se promène dans le ciel. Et même le ciel n'est pas assez grand pour elle.

— On peut donc aller la voir en avion ?

— Tu parles ! Les fées, ça se pose sur les étoiles pour se reposer quand elles ont trop couru. Et là, il se passe une histoire extraordinaire. Tu regardes l'étoile, tu prends un balai, un avion ou une fusée, comme tu voudras, tu fonces à toute vitesse. Et t'es à peine arrivé que l'étoile est déjà morte.

— Et la fée aussi ?

— Penses-tu ! Elle est partie pour se poser sur une autre étoile. Et t'as beau courir, tu te feras encore avoir. On dit qu'il faut des années-lumière pour aller d'une étoile à l'autre. Des centaines de milliers de kilomètres à la seconde. Des millions à la minute, des billions, des trillions à l'heure. Alors t'imagines, des années-lumière ! »

J'en suis resté bouche bée. Et chez moi, c'est plutôt rare. J'aime assez argumenter. Mais il avait presque réussi à me convaincre. J'avais donc une maman-magicienne, dans les étoiles.

Pour bien me clouer le bec, il a ajouté que nous n'étions pas venus là pour Maman, mais pour ses grands-parents à lui. Oh ! là ! là ! ça se complique. Sa maman, je savais qu'elle était morte, et maintenant, la maman de sa maman... Et le papa de sa maman. Comment de si vieilles gens peuvent-ils avoir des parents ?

Et qu'est-ce qu'ils font dans les tombes, sous ces plaques de granit ? Il doit y faire si froid, si noir. Papa m'a expliqué qu'il n'y avait plus que des os, que leur âme était partie au ciel à l'instant où ils étaient morts. C'est ce que l'on appelle rendre l'âme, m'a-t-il répété deux fois comme si j'étais niais. Bon, d'accord, Maman a rendu son âme à Dieu, mais qu'est-ce qu'on a fait de ses os ? Je n'ai pas osé lui demander, pourtant j'aurais sacrément bien aimé savoir.

Papa a fait une prière devant la tombe de ses grands-parents. Il m'a appris à faire le signe de croix que j'avais déjà esquissé la veille à la cathédrale en m'aspergeant d'eau bénite. Il a déposé des fleurs, j'ai attendu un peu pour voir si une main allait sortir de la tombe pour nous remercier. Rien n'a bougé. Papa a cru que je priais à mon tour, il avait l'air content. Quand je me suis retourné vers lui, il m'a pris entre ses jambes, j'avais la tête calée sur ses genoux, j'aimais bien faire ça avec Maman.

On est remontés dans la voiture décapotée. C'est drôle, j'ai eu l'impression que le rayon de soleil de tout à l'heure nous conduisait jusqu'à la sortie.

On n'a pas roulé très longtemps le nez au vent. On est vite sortis de la ville et on a pris des petits chemins pour arriver à la campagne. Papa voulait me montrer la ferme où il avait passé les vacances de sa toute première enfance. Avant même d'aller voir les cultivateurs, il s'est arrêté dans un hangar où étaient entassés des ballots de paille. Il m'a raconté qu'avec sa sœur, ils se frayaient des tunnels dans le foin et qu'ils croyaient mourir de peur quand ils dénichaient des souris ou des mulots.

Il n'aurait pas dû dire ça. J'ai refusé de jouer avec lui dans la paille. Qu'importe, il m'a poussé et nous avons roulé ensemble comme de petits animaux. J'adore me frotter à lui, il me permet de temps à autre de prendre le dessus, je sais bien que c'est pour me faire plaisir. Un jour, dans dix ans, quinze ans au maximum, c'est moi qui le battrai et qui ferai parfois semblant de le laisser gagner.

C'est couverts de paille que nous sommes allés saluer le propriétaire de la ferme, le fils de celui qui accueillait Papa, le petit-fils de celui qui donnait du lait et des œufs à ma grand-mère pendant la guerre. Il nous a emmenés visiter les étables.

Les grosses vaches faisaient beaucoup de bruit rien qu'en respirant, j'avais envie de m'allonger à leur côté tant elles sentaient bon et chaud. Mais certaines d'entre elles se mettaient à pisser soudainement comme des cascades, ça m'a rappelé l'épisode de la veille dans le magasin de jouets, on s'est regardés avec Papa et on s'est esclaffés. J'avais besoin de cette complicité. J'aime tant le protéger. Je suis un vrai petit homme.

C'est nouveau qu'il se remette à rire. Deux fois en deux jours. Ça faisait si longtemps qu'il paraissait préoccupé, tiraillé. Je ne sais d'où lui vient cette tristesse ancienne. De Maman peut-être. Pourtant il ne m'a jamais dit du mal d'elle et elle non plus. Je sens simplement qu'il aurait eu envie de vivre avec nous. Il aime son petit garçon, ça crève les yeux.

« Tu l'aimes, Papa ? »

Ça je l'aurais parié ! A l'instant même où il a ouvert la bouche pour commencer à rire, j'étais sûr qu'il allait profiter de son avantage et de ma garde baissée. Je le connais…

« T'aime pas. »

Ça t'apprendra. C'était plus fort que moi et c'était idiot parce que je voyais bien que ça l'attristait.

On a fait un long tour dans la ferme, visité l'ancienne écurie où vivait disait-on un vieux cheval de trait du temps de Papa. Elle est aujourd'hui encombrée de matériel agricole périmé, avec une bonne odeur de graisse et de grain. On a aussi cherché les clapiers qui avaient disparu, le poulailler, qui n'était plus là non plus. On a quand même retrouvé la porcherie. Mes aïeux ! Quelle infection ! Papa m'a pris dans ses bras et a menacé de me déposer dans leur grande auge toute dégoûtante. Je hurlais. Il me faisait sauter en l'air, à tout moment je risquais de retomber sur ces gros porcs tout sales, je criais de plus belle, j'aimais ça. J'aimais ses grands bras forts qui me protégeraient toute ma vie, même quand je l'aurais battu à la boxe, j'aimais ce père qui ne ressemblait pas aux autres et qui avait juré de se faire couper en morceaux — comme les futurs jambonneaux de ces cochons qui grognaient et couraient — plutôt que de laisser quelqu'un me faire du mal.

Après ça, on est allés se promener dans les bois sans faire la sieste — si Maman savait ça ! —, on a ramassé du muguet et des primevères. Il m'a expliqué bien des mystères de la nature que, très franchement, je n'ai pas entièrement compris. J'étais un peu fatigué, ça ne justifie pas tout mais pour rien au monde je n'aurais avoué ma faiblesse. J'étais si content de ne pas faire la sieste.

Plus que la nature, Papa me racontait surtout son enfance, les champignons qu'il cueillait avec la peur au ventre à l'idée de mourir sur pied rien qu'en les touchant, la mousse qu'il découpait en tapis pour la rapporter dans sa chambre (mais il y avait des petites bêtes et ça jaunissait très vite — il m'en a fait renifler, qu'est-ce que ça sentait bon !), les fougères phosphorescentes, les prunelles qu'il ne fallait pas manger, sinon gare à la colique, l'écorce argentée des bouleaux et tant de choses encore, je ne me rappelle pas tout.

Il m'avait juché sur ses épaules parce que je traînais la patte ; et quand je dodelinais trop de la tête, mon menton heurtait la tonsure de son crâne qui se dégarnissait. J'aime beaucoup toucher cet endroit de mon papa. C'est doux comme de la peau de bébé. Je répétais ça comme un perroquet parce qu'en fait je n'avais jamais caressé de bébé. De toute façon, Maman n'avait pas intérêt à me fabriquer un petit frère ou une petite sœur.

Contemplant ses mains croisées sur la tête pour atténuer les chocs de mon menton pendant la promenade, je rêvassais. Il se dégageait des cheveux de mon père une odeur de petit suint dû sans doute à la chaleur et à sa fatigue. Il courbait l'échine, qu'il avait déjà naturellement voûtée, sous mon poids (n'exagérons pas, treize kilos, on avait vérifié dans la chambre d'hôtel), et, tout doucement, comme deux petits vieux au soir de leur vie, nous regagnâmes la ferme.

Nous soupâmes rapidement, en silence parce que les fermiers n'étaient pas bavards. Il y avait de la soupe aux choux et aux pommes de terre. Papa a tout laissé (il m'a dit ensuite que ça lui rappelait de mauvais souvenirs), moi j'ai adoré. Ensuite un délicieux poulet à la peau rissolée. J'ai dû m'endormir sur mon assiette car je ne me suis pas rendu compte qu'on m'installait dans une petite chambre. Ils ont eu raison de le faire en douce parce que je n'aurais pas du tout apprécié d'être séparé de Papa dans une maison où il y avait des cochons, des vaches et des bêtes dans la mousse.

Quand je me suis réveillé, j'ai trouvé cette chambre affreusement vide. J'ai un peu hésité avant de crier puis je me suis libéré. Papa est arrivé aussitôt, m'a pris dans ses bras et m'a couché dans son lit, à son côté. Si j'en juge par ce qu'il m'a raconté de la nuit précédente sur mes cauchemars et mes contorsions — j'ai horreur de garder sur moi le moindre drap ou la moindre couverture —, il n'a pas dû beaucoup dormir...

Le matin pourtant, au petit déjeuner, il avait l'air heureux comme un pape, comme un papa en vadrouille.

Les fermiers m'avaient servi du chocolat chaud, dans un bol invraisemblable, beaucoup trop grand pour moi. J'en ai renversé sur ma chemisette. Papa avait l'air embarrassé parce qu'il n'arrêtait pas de me changer depuis quatre jours et qu'il semblait manquer de linge propre. Un père, ça a beau faire, ça ne sait pas s'y prendre avec ces problèmes-là. La fermière a deviné sa gêne et lui a proposé de laver mes affaires. Elle a utilisé un grand évier en pierre du pays et a battu mon linge comme plâtre en le frottant avec du savon de Marseille. Je n'ai jamais vu mes tee-shirts et mes chaussettes aussi maltraités. A Paris, Francisca les fourre dans une machine à laver. Je reste près d'une heure devant le hublot pour les voir passer et repasser. J'ai d'ailleurs essayé de l'ouvrir une fois pour me laver moi-même et je me suis terriblement fait gronder. En général, je fais assez peu de bêtises. On me dit toujours que je suis un petit gars raisonnable, ce qui a le don de m'énerver. J'ai l'impression que je ne grandis pas comme les autres garçons de mon âge.

Dès que mes affaires furent sèches, nous avons pris la route, paresseusement.

Nous avons vu tout au long de l'autoroute de grandes affiches de Mickey. « C'est là où il habite », m'a dit Papa. J'ai voulu qu'on aille le voir. Mon père a paru réticent. « Il y a trop de monde. Et peut-être est-il en vacances ? », a-t-il avancé. Je savais bien qu'il mentait et qu'en ce mardi j'aurais moi-même dû être à l'école. Personne n'était en vacances, Mickey pas plus que le Père Noël. J'ai insisté. Il a cédé.

Quand nous avons quitté la bretelle de

l'autoroute, j'ai tout de suite vu le grand château de la Belle au Bois dormant avec les immenses tours de la sorcière. C'était comme si la télévision avait explosé et que j'étais passé de l'autre côté. Mon rêve.

Des sortes de grooms nous aidèrent à décharger la voiture, Papa prit une chambre pour la nuit et il m'emmena dans le parc en regardant tout le temps autour de lui, comme s'il s'attendait à rencontrer quelqu'un. Peut-être craignait-il aussi d'être un peu ridicule sur la rivière enchantée ou dans les tasses qui valsaient. Il eut peur pour moi dans la maison fantôme. A tort : je me sentais en totale confiance dans ses bras !

Des heures durant, nous avons déambulé dans le parc. Il me donnait l'impression d'essayer de cacher son grand corps derrière moi pour ne pas être repéré. Evidemment, c'était idiot, je n'y peux rien, mon père a parfois des comportements qui dépassent l'entendement des adultes eux-mêmes. C'est pour ça, lui a-t-on dit un jour devant moi, qu'il a du charme. « C'est un grand fou, ton papa », répétait souvent Maman sans malice.

J'ai surtout aimé les poupées du monde entier qui chantent dans toutes les langues un air dont je ne me souviens plus. J'irai interroger mon disque dur. J'ai adoré également le petit train circulaire que nous avons pris plusieurs fois parce qu'il crachait une belle fumée blanche et que, dans l'une de ses gares, il y avait des coqs magnifiques dont on devait souvent lisser les plumes tant elles étaient luisantes. Papa s'est moqué de moi : « On n'avait pas besoin d'aller chez Mickey pour voir des poules, il suffisait qu'on reste à la campagne ! » Allons, il n'y avait ni coqs ni poules chez son fermier et celles de la ferme d'à côté étaient toutes jaunâtres et crottées.

Nous étions fourbus quand nous sommes revenus dans notre gigantesque chambre, une suite, m'a dit Papa. Une fois de plus, j'avais échappé à la sieste. Il a commandé des hamburgers, des fruits et du jus d'orange. Un valet tout poudré est venu nous apporter ces mets de prince et nous a laissés devant une télévision qui ne diffusait que des dessins animés. Ce fut l'un des plus beaux dîners de ma vie. Après mon bain (qu'il avait pris avec moi, avec de la mousse et des savons Mickey en me couvrant de bulles), il m'avait passé un peignoir trop grand pour ma taille et en avait revêtu un trop petit pour lui. Les manches lui arrivaient à mi-bras.

Avec deux ballons en forme de Mickey et Donald il avait acheté un appareil automatique qui était censé nous donner les photos quasi instantanément. Il m'avait donc installé comme un nabab dans un grand fauteuil et se précipita à plusieurs reprises pour être sur la photo avec moi. La première fois, il arriva trop tard, la deuxième, sa tête fut coupée par le cadre, sur la troisième, comme il s'était assis sur moi, on ne voyait que deux boucles de mes cheveux. La quatrième fut parfaite. On était les Rois du monde en peignoir, Simba et son papa le Roi Lion.

Papa l'accrocha au-dessus de son oreiller. Il

rapprocha mon lit du sien en écartant la table de nuit. J'exigeai d'avoir les ballons de Mickey et de Donald au plafond pour veiller sur moi pendant la nuit et nous commençâmes à bavarder en regardant la télévision dont il avait coupé le son.

Pour la première fois, il me parla de Yeux jaunes. Il me demanda s'il était souvent à la maison, s'il me veillait le soir quand je m'endormais, toutes sortes de questions gênantes auxquelles je répondais n'importe comment car je savais bien que ce n'était pas mon sort qui l'intéressait mais celui de Maman. Et ça, ce n'est pas mon affaire, je n'ai pas à jouer les petits rapporteurs. Imaginez qu'elle ne soit pas morte et que j'aille lui répéter que je n'avais pas fait la sieste deux jours de suite, ça n'aurait pas été gentil pour Papa.

Je savais bien où il voulait en venir.

« Tu l'aimes, le monsieur ? me demanda-t-il pour finir, avec une grosse boule dans la gorge.

— L'aime pas.

— Et moi, tu m'aimes ? »

Sa voix s'était éclaircie.

Cette fois-ci, je n'ai pas répondu non. Je n'ai rien dit. J'ai fait semblant de dormir.

D'ailleurs, quelques minutes plus tard, je dormais pour de vrai. Profondément.

Le lendemain matin, nous étions mercredi, nous fûmes réveillés par une horde d'enfants qui venaient passer la journée dans le parc et qui piaillaient devant les guichets.

Papa m'emmena prendre le petit déjeuner dans un endroit magique où tous les personnages de Disney venaient s'asseoir à nos côtés. La petite Minnie (trois fois plus grande que moi !) était craquante. Elle ne parlait pas et m'envoyait des baisers de sa main gantée. Pluto, lui, m'a fait peur parce qu'il marchait comme un chien fou et qu'il avait des moustaches en caoutchouc qui piquaient. Papa m'aida à forcer mon appréhension et me fit toucher ses poils menaçants : beaucoup plus mous qu'il n'y paraissait. Deux petits écureuils — comment s'appelaient-ils déjà ? — passèrent et repassèrent devant moi en se frottant le ventre pour me suggérer que le repas était bon.

Puis vint Mickey qui m'oublia, peut-être parce que j'étais trop petit.

Papa régla la note avec sa Carte bleue et s'inquiéta quand on lui demanda des papiers. Il bredouilla une explication, me saisit fermement la main en m'entraînant vers la chambre. « Viens vite, on va y aller. »

A mon avis, il n'a plus d'argent. Je lui coûte trop cher. Je n'aurais pas dû lui demander d'aller chez Mickey.

Nous roulâmes très longtemps avec la capote ouverte. Peu de temps après notre départ, je reconnus Paris. Je voulus aller voir Maman, mais Papa me répéta que ce n'était pas possible, puisqu'elle était au ciel, bien installée et que, promis, elle viendrait très vite me rendre visite dans mes rêves. Voilà déjà quatre ou cinq nuits que je m'endors en l'attendant et que rien ne se passe.

Je demandai alors à voir Francisca. Il m'annonça qu'elle était repartie chez elle, en Espagne. Et la maîtresse ? Pas d'école un mercredi, me dit-il. De toute façon, il était clair qu'il n'avait nulle envie de s'arrêter à Paris, évitant même de passer à son bureau alors que c'était un travailleur acharné. Autour de lui, tout le monde lui disait qu'il se consacrait trop à son métier, qu'il ne me verrait pas grandir. Il a fallu la mort de Maman pour qu'il s'en aperçoive. Depuis il se rattrapait drôlement…

On contourna donc Paris par le périphérique et nous nous engageâmes sur une autre autoroute, à l'opposé de la précédente. Il s'arrêta au premier péage et recapota la voiture, le temps se couvrait. Et puis, il fallait que je dorme. Je ne couperai pas à cette sieste-là. Il m'installa un petit nid très douillet à l'arrière, avec son imperméable roulé en boule comme oreiller. Je touchai une dernière fois sa peau de bébé au sommet de son crâne, puis me laissai bercer par le ronronnement du véhicule…

Quand je me réveillai, nous étions déjà en Bretagne. J'en avais l'habitude. Il venait s'y réfugier avec moi presque une fois par mois. Il y possédait une maison depuis très longtemps et y avait passé presque toutes ses vacances dès l'âge de trois ans. Mon âge… Chaque fois, il me répétait qu'il n'avait gardé aucun souvenir de ce temps-là et qu'il espérait qu'il m'en resterait davantage. Il radote.

Depuis le début de notre équipée tout chez lui prouve le contraire. Si je pouvais, je lui rafraîchirais bien la mémoire avec cette histoire de disque dur...

A quelques kilomètres de son village, je le sentis requinqué, électrisé par une excitation soudaine. Il allait, une nouvelle fois, caler les cosses de sa batterie dans ses racines de Celte né par hasard en Champagne et se recharger.

Son débit s'accélérait. Il me montrait chaque lieu, s'enthousiasmait, me racontait ses frasques, ses souvenirs les plus anciens. J'en connaissais déjà quelques-uns mais son bonheur était communicatif.

C'est ainsi qu'il retrouva avec un plaisir de gosse le portique du club des corsaires où il jouait tout petit. Vu la saison, il n'y avait pas encore d'agrès, nous jouâmes donc à la grenouille sur l'échelle renversée. A ma plus grande peur, il fit semblant de se laisser tomber tout en restant accroché aux barreaux grâce aux creux de ses genoux. « Cochon pendu ! » cria-t-il et je fis de même : « Cosson pendu ! » Il me saisit par les pieds et me fit glisser le long de son corps. Je riais et hurlais tout à la fois : mon père était en acier trempé. Je dégoulinai doucement vers le sable. Il tenait bien fort mes chevilles. Quand mes mains touchèrent le sable, il me lâcha et je fis ma première galipette. Au-dessus de moi, le cochon pendu gloussait de joie.

Nous fonçâmes en voiture jusqu'à une autre plage. Face à nous, un château de carte postale dont j'avais déjà fait le tour à marée basse avec une épuisette que m'avait offerte une amie de Papa. Il décrocha les poignées du toit ouvrant, enclencha un compact disc et pendant qu'une dame chantait « Divinité suprême... », je vis lentement s'élever le capot triomphant d'une voiture qui libérait les forces de la joie. Il me serra contre sa poitrine et chanta — faux — un air d'*Orphée*.

Sans crier gare, il se déshabilla entièrement et courut, nu comme un ver, dans l'eau glaciale de ce début mai. Il y resta deux ou trois minutes, se sécha avec sa chemise et nous arrivâmes dans sa maison, à quelques centaines de mètres de là, dans cet étrange équipage.

Petit homme

Pour la seconde fois après Disneyland je voyais Papa tout nu. Je ne sais pas ce qu'en pensent les dames, moi je l'ai trouvé très beau. Ça m'a fait drôle de voir son zizi brinquebaler pendant qu'il courait vers la mer. C'est lui qui le premier, avant Maman, a essayé de m'apprendre à me servir du mien pour faire pipi sans m'oublier dans mes couches ou mes culottes. Je me souviens très bien : au bord d'une route l'été dernier. Plus tard, il m'a raconté un truc incroyable. Il m'a expliqué que c'était aussi avec le zizi qu'on faisait des bébés comme moi. Heureusement il n'est pas entré dans les détails et, très franchement, je n'ai pas compris comment cela était possible. Je lui reposerai la question plus tard.

Notre séjour en Bretagne a été bref et idyllique. J'ai eu le sentiment que Papa se remettait dans sa peau de petit garçon de mon âge pour me raconter son pays. Il a gardé dans ses narines les mêmes senteurs que celles dont je m'emplis aujourd'hui : des odeurs de fougères mouillées, de sable qui sèche en laissant une petite croûte plus dure, de lichens qui se dorent au soleil sur les rochers de granit rose, de goémon abandonné par la marée, de genêts et d'ajoncs dont les bourgeons éclatent parfois dès qu'il fait un peu chaud. Et de l'iode, de l'iode partout avec ses effluves euphorisants.

En deux jours, j'avais repris des couleurs en dessinant des amorces de cœur sur la plage (là,

Papa m'aidait beaucoup) et des bonshommes à ma manière. Je n'étais pas doué pour les têtes, c'était trop rond, mais je me débrouillais assez bien pour les corps en forme de patates et surtout pour les bras et les pattes. Papa m'avait appris à compter jusqu'à cinq. Tous mes personnages avaient donc cinq doigts à chaque membre et même cinq cheveux, ce qui était une manière de me moquer de lui.

Dans mes grandes fresques sur le sable, il y avait d'abord Maman (Papa qui m'avait appris à dessiner une jupe a fait semblant de ne pas comprendre quand je lui ai demandé de reproduire des os) puis moi, beaucoup plus petit et souvent raté, suivi de mon père, immense, et Francisca qui, elle, avait droit à de longs cheveux d'Andalouse. Elle me manquait plus que Maman car je m'étais lentement habitué à cette histoire de cieux. Parfois, je regardais en l'air quand il n'y avait pas de nuages parce que Papa m'avait dit qu'elle voyageait sur les étoiles ; seulement les étoiles, ça ne se voit que la nuit et il m'imposait d'aller me coucher beaucoup plus tôt qu'auparavant. Il essaya de me rassurer en m'expliquant que Dieu était assis comme un gros nabab sur un nuage et que c'était la raison pour laquelle on ne le voyait jamais non plus. J'objectai que, dans ce cas-là, on aurait pu apercevoir ses chaussures qui pendaient dans le vide, mais Papa m'annonça que Dieu ne mettait pas de chaussures. Il avait toujours réponse à tout.

N'empêche, s'il était pieds nus, c'est qu'il devait faire chaud là-haut. Papa me répondit que oui, Maman m'avait dit qu'au contraire il faisait très froid. L'un des deux ment et, à mon avis, c'est mon père. Je lui pardonnerai parce que ses histoires sont vraiment belles à croire.

Il m'expliqua par exemple que Dieu était entouré d'anges, habillés comme moi en pyjama et que ces anges-là étaient des petits enfants qui étaient morts trop tôt, par inadvertance. Il me parla d'une petite fille dont il me montra la tombe au cimetière. Elle dormait à côté de sa maman à lui, dont il me racontait souvent la vie.

Je lui reparlai de mon histoire d'os. Il réussit à me convaincre qu'au bout d'un certain temps ils se transforment en poussière et que, parfois même, des gens demandent à être incinérés. J'insistai : « Alors, dans ces cas-là, ils n'existent plus ? » Il m'expliqua, pour la dernière fois, que ces histoires de corps après la mort n'avaient strictement aucune importance puisque l'âme s'envolait aussitôt vers le ciel. Quand il ajouta que l'âme, c'était aussi le cœur, je fus rassuré car je savais ce que cela voulait dire.

Mon père mettait souvent la main droite sur mon cœur et la gauche sur le sien pour me montrer que le mien battait deux fois plus vite. Je dois dire que j'en éprouvais une certaine fierté ; un cœur qui bat fort, c'est quelque chose. Papa me disait que dans les romans, les héros et les héroïnes avaient toujours un cœur qui battait la chamade. J'étais donc un héros.

Papa m'appelait d'ailleurs son Petit Prince et me lut son livre de chevet plusieurs fois au moment de la sieste et avant la nuit. Il m'avoua qu'il aimait tellement cette histoire qu'un jour, en classe, il avait raconté qu'il était le filleul de l'écrivain. Pas de chance, Saint-Exupéry était mort trois ans avant sa naissance... il fut démasqué.

J'aimais bien quand Papa me lisait des livres avant de dormir. Il ne l'avait pas beaucoup fait jusqu'à présent, pas plus que Maman qui était souvent au téléphone à ces heures-là. Seule Francisca me racontait des histoires, presque toujours en espagnol, ce qui ne me poussait guère à tout comprendre, mais ça n'était pas grave car j'aimais la musique de sa langue.

C'est ainsi que, le dernier jour, je m'endormis apaisé comme un bébé. Il y avait bien longtemps que je n'avais vu mon père aussi serein. Hormis ces deux coups de téléphone auxquels il n'avait pas répondu, ses inquiétudes semblaient derrière lui.

Notre tranquillité fut de courte durée.

La nuit même, il me réveilla en toute hâte. « Réveille-toi, mon Petit Prince », me dit-il, fébrile. La maison était emplie d'une étrange lumière bleutée, comme celle d'un vaisseau de Martien. Un véhicule stationnait dans le chemin avec un gyrophare qui tournait et des conversations chuintantes de talkie-walkie.

En se mordillant la peau des lèvres, Papa me regardait comme une biche aux abois. Il essayait pourtant de me rassurer.

« C'est qui ? demandai-je. Des petits hommes bleu-vert-jaune comme dans *ET ?*

— Je ne sais pas, répondit-il... On va attendre qu'ils partent et s'ils frappent à la porte, je fais le mort. »

Ça y est, ça recommençait. On n'arrêtait

pas de faire le mort dans cette famille depuis quelques jours. Ça suffisait.

Par chance, ils ne toquèrent pas au carreau. Le véhicule s'éloigna.

Papa se recoucha à mes côtés. Dans la nuit pourtant je savais qu'il gardait les yeux ouverts : je ne dormais pas moi-même. Je n'étais pas trop rassuré, sans savoir pourquoi.

Au petit jour, une aube laiteuse envahit la pièce et nous poussa à nous lever. Mon père, qui ne parlait toujours pas, m'habilla, prépara mes bagages et ferma la maison à double tour. Nous nous mîmes en route.

A quelques kilomètres de là, il s'arrêta dans une station-service qui n'était pas encore ouverte et réveilla le garagiste, un de ses amis. Il lui demanda un étrange service : repeindre notre voiture, d'un joli gris, en vert foncé. Son ami fit remarquer que les quelques éraflures de la décapotable ne méritaient pas un tel travail, qu'il allait falloir deux bonnes heures, sans compter le séchage. Papa s'entêta.

Il profita de la durée des opérations pour m'emmener, à quelques centaines de mètres du garage, voir une dernière fois la mer qui était à son niveau le plus haut. En marchant le long de la grève, il récita en psalmodiant une mélopée où revenait souvent : « Vieil Océan... » Je préférais l'air à des paroles auxquelles je ne comprenais strictement rien. Mais Papa pleurait. Il avait un regard de fou. J'allais encore devoir m'occuper de lui.

Il se signa à la fin de sa déclamation et s'agenouilla au bord de la mer, jusqu'à toucher l'eau de ses cheveux quand une vague montait plus haut qu'une autre. On se serait crus dans la cathédrale, face au bénitier.

Lorsque nous eûmes achevé cette promenade-pèlerinage, le carrossier avait fini son œuvre. Il n'était pas davantage convaincu de son utilité qu'au début de la matinée. Mais Papa avait l'air content. Moi, je préférais la couleur d'avant et je trouvais que l'intérieur de la voiture sentait beaucoup trop la peinture. Le garagiste actionna donc le système d'ouverture de la capote et nous sommes partis manger quelques crêpes en attendant de reprendre la route.

L'odeur n'avait pas tout à fait disparu, mais comme Papa fumait son habituel cigare d'après-café, il se mêlait dans l'habitacle d'âcres volutes qui me poussèrent à fermer l'œil plus rapidement que de coutume pour ma sieste.

L'air frais me réveilla au terme d'une longue route. Pour une fois, Papa conduisait paresseusement. Nous ne prenions pas l'autoroute comme à l'aller. L'itinéraire semblait plus tordu, presque incertain. Il n'avait pas l'air pressé de rentrer à Paris. Nous nous arrêtâmes plusieurs fois, d'abord à Sainte-Suzanne où il m'emmena sur la tombe d'un très vieil oncle dont il ne m'avait jamais parlé, puis à Illiers, près de Chartres, dans une auberge rustique, « Chez Maman Yéyette », où il décida de s'arrêter pour la nuit. Il me laissa longtemps seul dans ma chambre. Je l'entendais téléphoner à l'extérieur avec son portable, toujours aussi soucieux. Je m'aperçus que c'était la première fois qu'il reprenait contact avec l'extérieur depuis le début de notre voyage de romanichels et que, surtout, il ne m'avait pas adressé la parole de l'après-midi. Je n'aimais pas sentir mon papa aussi désemparé.

Il n'y avait pas de lits jumeaux dans l'auberge. Nous nous couchâmes donc une nouvelle fois côte à côte. Je me blottis contre lui. Son portable sonna. Il ne répondit pas. J'étais sûr d'être devenu le centre de sa vie. Ce qui me permit, après les émotions de la veille, une si courte nuit et une si longue route, de m'écrouler dans ses bras, rassuré comme un bébé-ange.

Nous nous levâmes une nouvelle fois aux petites heures. Papa était toujours aussi fébrile. Il pleuvait : pas de décapotable. Soudain, je reconnus l'immeuble où je vivais avec Maman. Presque mécaniquement, je m'apprêtai à quitter la voiture pour rejoindre l'ascenseur que je prenais si souvent un peu tristement le dimanche soir.

Papa me retint par l'épaule et me rappela que Maman n'était pas là, qu'elle était au ciel. Était-elle montée par l'ascenseur ? Pour la première fois, j'eus un pincement au cœur. Cet endroit si familier, son parfum que je pressentais dès le hall après le porche, cette mère que je ne verrai plus en chair et en os, sa chair, ses os, sa peau, sa douceur, sa façon de m'appeler Tounou, moi dans son lit, elle penchée au-dessus du mien le soir et désormais ces grandes pièces si vides, sans elle, sans moi. J'avais le cafard. Papa, qui me connaissait pourtant par cœur, aurait pu le deviner et m'épargner la longue attente qu'il m'imposa dans la voiture, sans parler, devant notre immeuble.

Il pleuvait sans discontinuer. Mon père ne faisait pas fonctionner les essuie-glaces, ni même l'électricité. Le véhicule fut rapidement nappé de buée. Je ne sais pas ce que nous attendions. Un très court instant, il me sembla entr'apercevoir un parapluie familier s'engouffrer sous le porche suivi d'un homme plus corpulent. Sans doute n'était-ce qu'une hallucination. Ça arrive souvent avec les anges, m'avait déjà expliqué Papa.

Peu après cette apparition, Papa redémarra, une grosse boule dans la gorge. Pourquoi avions-nous attendu si longtemps devant ma maison ? Il ne m'en dit rien. Peut-être voulait-il que le fantôme de Maman vienne nous rejoindre dans la voiture... Il ne me parlait pas et en avait même oublié de refaire fonctionner ses essuie-glaces. Je n'étais pas bien non plus. Paris était si moche, comme la vie. Papa me donna l'impression d'errer, de passer devant des lieux familiers, des restaurants, des salles de concert qu'il avait fréquentés avec Maman. Sans doute me faisais-je des idées...

Après avoir longtemps traîné, nous rejoignîmes le périphérique, puis l'autoroute du Nord. Nous roulions doucement, c'était si peu dans les habitudes de Papa. Je vis des panneaux avec des petits avions, nous nous dirigions vers Roissy. Une dernière fois, il utilisa son portable et, sans la moindre colère, ouvrit sa fenêtre et le jeta. Je le sentais déterminé comme si nous allions procéder à une attaque de banque. Il se gara dans le parking avec beaucoup de précautions, se présenta à l'enregistrement d'une compagnie exotique qui sentait déjà bon le soleil. Il présenta nos deux passeports, pâle comme un linge (ou comme un mort, mais il ne faut pas tout confondre...). Il regardait fixement l'employée créole qui lui rendit passeports et billets. Il respira un bon coup, me serra très fort la main et me fit grimper à vive allure les escaliers roulants de cet aéroport qui gargouillait comme un estomac, avec ses tubes de plastique en forme de boyaux.

Lorsque nous passâmes les formalités de douane et de police, sa main serrait si vigoureusement la mienne qu'on aurait pu en faire de la purée d'os, comme c'était peut-être arrivé à Maman. Papa avait les mâchoires serrées. Peut-être appréhendait-il par avance les turbulences de l'avion. Pourtant, sitôt passé le dernier portique de sécurité, il relâcha sa pression, me prit dans ses bras et m'embrassa sur les deux joues dès que nous fûmes dans l'avion.

Ce n'est qu'à cet instant que je compris notre destination : « Bienvenue à nos passagers pour Tananarive. » Antananarivo, comme ananas, comme nana, comme papa, comme maman.

Il commanda du champagne et, pour la

première fois de ma vie, j'en dégustai une gorgée à l'instant même où les roues de l'avion quittaient le sol français.

Papa avait un ami dans une petite île au large de Tamatave, Sainte-Marie. Lui aussi avait eu des peines de cœur, avait quitté son restaurant de Noirmoutier pour venir s'installer dans cette autre île qu'il avait connue en vacances. Il s'y était remarié avec une jolie Malgache.

Pierre, son ami, nous attendait à l'aéroport avec sa femme et son petit garçon. Au bord d'une piste en herbe trônait un baraquement sommaire où des enfants à peine plus âgés que moi tentaient de vendre des maquettes d'avion et de bateau habilement découpées dans des boîtes de Coca-Cola ! Comme chaque matin, Pierre avait été prévenu de l'arrivée de l'avion de Tana par le bruit des moteurs survolant son habitation. Il n'y avait pas d'autre rotation dans la journée. L'électricité de la maison était fournie par un générateur. Sans téléphone portable, Papa était désormais débranché de tout, de ses drogues, de ses énervements qu'il me communiquait sans le vouloir. Débarrassé de sa peau de civilisé. Je suis sûr que sans son geste salutaire de l'autoroute, il aurait été capable d'essayer son téléphone mobile à Sainte-Marie, juste pour voir s'afficher une dernière fois un vide sidéral sur son écran.

En vingt-quatre heures, de Paris à Sainte-Marie en passant par une longue escale à Tananarive, nous nous étions progressivement mis hors d'atteinte des petits soucis de ce bas monde. Plus de bruit ici, juste le caquetage de la volaille et le ressac de la mer sur le corail. Trois voitures seulement, dont celle de Pierre, un téléviseur malgré tout car notre ami s'était doté d'une incroyable parabole qui, en plein océan Indien, lui permettait de recevoir une centaine de chaînes du monde entier. Le soir, les petits garçons de l'île se mettaient à la fenêtre ou sur le pas de la porte pour contempler cette profusion d'images qui venaient du ciel. Ils ne les comprenaient pas toutes, mais leurs rétines étaient impressionnées à jamais.

Ma petite rétine à moi n'en finissait pas de se gaver. J'observais surtout ces enfants de mon âge, à la peau bien plus foncée que la mienne. C'était la première fois que j'en voyais autant. A Paris, j'en avais parfois croisé, non sans crainte au début, mais Maman m'avait dit :

« Il ne faut pas avoir peur des Noirs, ils sont souvent plus gentils que nous.

— Alors, pourquoi sont-ils noirs ? avais-je demandé.

— Et pourquoi ne le seraient-ils pas ? » avait répliqué Maman, manifestement à court de réponse.

Je n'aimais pas être contrarié.

« Pourquoi sont-ils noirs comme le Diable ? avais-je insisté.

— Mais le Diable n'est pas noir, répondit Maman excédée. Personne n'a jamais vu le

Diable. Toutes ces histoires, ce sont des bondieuseries, il ne faut pas en croire un mot.

— Si, si, le diable est noir, je l'ai vu dans un film à la télévision. »

Une image, ça ne trompe pas. Maman en avait eu le bec cloué.

C'est alors que ma nounou vint à sa rescousse en me racontant une histoire que, sur le moment, je crus mais qui, à la réflexion, ne tient pas debout.

« Chez nous, en Espagne, on dit que Dieu s'y est repris à trois fois pour fabriquer les hommes dans son fournil de boulanger. La première tentative a été ratée, il avait cuit la pâte trop longtemps et en a fait des petits pains plus ou moins noirs qui, ayant eu trop chaud à la cuisson, s'accommodent fort bien du soleil.

« La seconde fournée n'a pas été plus réussie. Il avait si peur de recommencer son erreur qu'il a retiré très vite sa pâte. Les pains étaient trop blancs. Il en a fait des Français, comme toi. Vous êtes toujours obligés de vous promener avec votre crème solaire pour ne pas être carbonisés comme les petits Noirs.

« A son troisième essai, Dieu fit très attention. Il surveilla amoureusement la cuisson de sa pâte et, dès qu'elle fut dorée à point, il la retira du fournil. Le résultat, tu l'as en face de toi : ce sont les Espagnols ! »

Francisca éclata de rire. Maman aussi et je fis de même pour ne pas les décevoir. Mais, plus je réfléchissais, plus je me disais que ma nounou s'était fichue de moi.

Pour en avoir le cœur net, j'interrogeai le lendemain, dans mon école, la jolie petite Martiniquaise aux cheveux bouclés qui ressemblait à une poupée mais qui, comme moi, ne se liait pas beaucoup aux autres.

« C'est vrai que tu es restée trop longtemps au four ? »

Elle haussa les épaules et ne m'adressa plus jamais la parole. Francisca s'était moquée de moi. Mais en ce premier jour à Madagascar, je n'avais pas la tête à le lui reprocher. Elle me manquait.

Au début, nous dormions dans un bungalow que Pierre nous avait prêté juste à côté de sa maison. La mer léchait la pelouse sur laquelle nous prenions notre petit déjeuner. J'adorais ces moments où, réveillés par le soleil, nous nous laissions inonder de jaune en ouvrant toutes grandes portes et fenêtres. Papa partait courir le long de la plage et m'interdisait de sortir. Je m'asseyais sur le pas de la porte et, pendant de longues minutes, j'observais le manège des insectes le long de mes tennis bleues. Les grosses fourmis évitaient de leur grimper dessus, les coccinelles, elles, s'en donnaient à cœur joie. Papa disait que cela portait bonheur. C'est sans doute pour ça que, plus tard, les petits amis du village m'appelèrent Pied d'or. Je shootais du gauche d'une manière incroyablement précise pour mon âge, disait-on.

Un matin, je vis venir à moi tout un convoi de fourmis enchaînées ; papa me dit que c'était un mille-pattes, mais je ne savais compter que jusqu'à huit… Je pris une brindille et agaçai la bête qui s'entortillait autour. Arriva Pierre qui devint blanc : « Lâche ça tout de suite », cria-t-il, avant de m'expliquer plus calmement que Papa aurait dû connaître la différence entre un mille-pattes et une scolopendre.

« Ça peut piquer comme un scorpion, me dit-il. Je connais des gens qui sont restés quasi paralysés une nuit entière après avoir marché sur une scolopendre. »

De ce jour, je n'eus plus le droit de me promener pieds nus pour me protéger du seul animal redoutable de l'île. Ici pas de serpents ni de bêtes sauvages, juste quelques moustiques, et, à l'autre bout de l'échelle animale, des baleines venant mettre bas dans le canal de Sainte-Marie en septembre et en octobre.

Pierre m'expliqua que le baleineau a besoin de se sentir en confiance dans ces eaux chaudes et que, sitôt expulsé de sa maman, il ne court pas le risque d'exploser sous la pression des profondeurs : le lit de sable n'est à cet endroit que de trente mètres. Loin de tout territoire habité, le lieu grouille de mamans et de petits. Pierre m'a promis que nous irions un jour plonger à leurs côtés.

Outre les petits matins, je raffolais des crépuscules. Dès que le soleil allait dormir sous l'horizon, Papa s'installait avec son ami dans le lagon pour déguster leur boisson favorite, le punch coco. Un casier à crevettes leur servait de table basse. L'eau, réchauffée toute la journée, était délicieuse. Au début, je craignais tout ce noir, cet inconnu qui nous enveloppait et ces petits poissons qui, furtivement, glissaient le long de mes mollets. Je restais debout, en éveil, à contempler la voûte céleste, grandiose. Un soir, je me suis enhardi et je me suis assis dans l'eau tout contre mon père. Ma colonne vertébrale écoutait la sienne, je la sentais se détendre au fil des punchs ; il devait de son côté entendre frémir ma moelle épinière lorsque ma main croyait toucher un poisson pierre.

Le rhum aidant, Papa se laissait aller et, m'oubliant pour un moment, échangeait des confidences avec Pierre. C'est là que, par bribes, j'appris ce que lui avait fait Maman et pourquoi il lui en voulait tant. Comme toujours avec les adultes, c'était une histoire de trahison, d'orgueil bafoué et d'égoïsmes irréconciliables : « Moi je, elle, moi… », rarement nous. Quant à moi, je comptais pour des prunes. Pas un instant, il n'évoqua les circonstances de sa disparition ni même où elle reposait. Je ne saurais jamais ce qu'étaient devenus ses os dont le sort me préoccupait tant.

Je sais, en revanche, ce qu'est l'amour d'un père pour son enfant : à l'instant même où ma vue se brouillait avec cette histoire d'os, il me caressa la joue par-derrière sans même me regarder et me dit : « Ne pleure pas, petit garçon, elle est là-haut et te regarde. Elle est sur l'étoile la plus proche de la queue de cette casserole qu'on appelle la Grande Ourse. » Papa avait raison : au milieu de cette batterie de cuisine, il y avait bien une étoile qui brillait plus que les autres, en tout cas différemment, et qui ne pouvait être que celle de Maman. Peut-être me clignait-elle de l'œil... Il manquait son parfum pour la reconnaître à coup sûr. J'oublierai peut-être un jour son visage, mais jamais son odeur. De toute façon, on pouvait me raconter ce qu'on voulait, j'étais persuadé, dans mon for intérieur, que Maman n'était pas morte.

Le Papa qui sent tout en même temps que son garçon me caressa à nouveau la joue pour voir si des larmes y coulaient encore. A la manière dont il frotta son dos contre le mien, je sus qu'il était rassuré. Sa maman qui, elle aussi, était allée sur une étoile devait le protéger.

Au bout de quelques jours, nous avons déménagé pour ne plus être à la charge de Pierre. C'est lui qui nous trouva une case à louer pour une bouchée de pain, toujours en bord de mer, mais à deux bons kilomètres de notre ami et de son bébé. De ce moment data mon besoin d'apprendre à rouler en vélo sans petites roues, ce qui me permit très vite de gagner tout seul par la plage notre première maison.

Je m'y rendais beaucoup plus souvent que Papa qui préférait rester chez nous, sauf à l'heure du punch coco, pour écrire un livre (sans disque dur, le pauvre !). De plus, j'avais observé qu'il n'aimait pas la compagnie des rares touristes qui séjournaient chez Pierre, et notamment celle d'un homme à la tête de fouine coiffé d'un panama blanc. Le bonhomme était trop curieux, il tournait toujours autour de nous, ça ne plaisait pas à mon père. A moi non plus, d'ailleurs.

Insensiblement, nous commençâmes à nous enfoncer dans une vie de Robinson, ce qui n'était pas pour me déplaire. Pour prévenir tout laisser-aller, Papa instaura une discipline minimale à nos horaires. Celui du petit déjeuner était immuable : au lever du soleil. En général, nous ne parlions pas beaucoup. Il ruminait ses pensées de la nuit ou les idées de son livre et j'en profitais pour m'inventer un monde dont il était le roi, moi son lionceau et Maman l'étoile de la Grande Ourse, Francisca n'avait pas de place dans ce monde, mais j'imaginais qu'à tout moment elle allait débarquer par l'avion du matin avec son rire de grande sœur et sa bonne humeur espagnole.

Dans mon univers gravitaient aussi les méchants, en général cachés dans les fourrés : Yeux jaunes, rusé comme un renard, l'Homme à la tête de fouine et des personnages plus indéterminés, mi-douaniers, mi-policiers, mi-banquiers, qui poursuivaient Papa parce qu'il dépensait trop d'argent pour son petit garçon. Son comportement chez Mickey, puis à Roissy, m'avait conforté dans cette certitude. Il m'avait déjà fait peur deux ou trois fois les week-ends où il me gardait quand il me disait : « C'est la fête, on va faire craquer la Carte bleue. » Je suis sûr qu'il n'avait pas le droit de faire ça, un jour ou l'autre, cette carte bancaire qu'on faisait craquer allait nous exploser à la figure.

C'est en général à ce stade de mes pensées les plus pessimistes que Papa me cueillait quand il revenait de sa course. Il faisait alors ma toilette, comme à Paris, mais avec les moyens du bord : un grand baquet et une douche confectionnée par ses soins. Sur le toit de notre grande case, il avait installé une sorte de réservoir pour recueillir l'eau de pluie qui tombait en abondance la nuit ou en fin de journée. Nos voisins malgaches l'avaient regardé d'un air amusé parce qu'ils se lavaient comme tous leurs ancêtres : dans le lagon.

J'aimais rester longtemps dans mon baquet comme je le faisais naguère dans la baignoire de Maman jusqu'à ce que Francisca vienne m'en tirer, faisant fi de mes récriminations.

Après le bain venait l'heure de l'école. Papa mettait un point d'honneur à commencer à huit heures et demie comme dans la classe de Mlle Véronique. Il avait même installé un petit bureau et s'asseyait à mes côtés. Et là, pas question de s'amuser… Première demi-heure : coloriage. Il me réprimandait quand mon crayon sortait de l'épure et m'obligeait à choisir les couleurs qui correspondaient le plus à la silhouette que je gribouillais. Deuxième demi-heure : écriture. A trois ans et demi ! Il voulait que je sois l'enfant le plus précoce de Paris. Je lui disais qu'on était à Sainte-Marie et qu'ici, même à dix ans, ils ne savaient pas tous écrire. « Tais-toi et travaille », me répondait-il. En un mois à peine, je sus écrire mon nom et mon prénom, ceux de Papa et Maman et, presque, celui de Francisca.

Comme chez Mlle Véronique, il avait entrecoupé les leçons d'une récréation. En général, nous jouions au football et parfois les villageoises venaient admirer mes talents. « Petit patapon d'or », lançaient-elles pour me féliciter. Après la récréation, nous repartions pour une demi-heure de calcul (je sais compter jusqu'à vingt, en français et en malgache...), puis pour un dernier cours que j'aimais beaucoup parce qu'il ne ressemblait pas aux programmes scolaires : le « bla-bla ». Il sortait de l'imagination de mon père : j'avais le droit de lui poser toutes les questions que je voulais, sur n'importe quel sujet. Au tout début, je restais sec et j'avais carrément l'air d'un imbécile. Papa me le faisait sentir.

Comme je suis très orgueilleux, je me rebiffais puis je me jetais à l'eau. Après consultation de mon disque dur, je vais essayer de me souvenir de quelques-unes de ses leçons de vie.

« Dis Papa, ça veut dire quoi, être rappelée à Dieu ? Est-ce que Dieu avait déjà appelé Maman une fois ?

— Oui, mon cœur, et elle n'avait pas obéi (là, il s'était troublé. Il devait mentir). Enfin non, c'est plus compliqué. C'est Dieu qui nous a fabriqués, nous sommes donc ses créatures. Quand il estime que nous avons fait notre temps sur terre, il nous rappelle à lui. Du moins c'est ce que disent les chrétiens.

— Je suis chrétien, moi ?

— Oui.

— Et toi ?

— Moi aussi, comme ta maman, d'ailleurs. Mais ce n'est pas parce que l'on est chrétien que l'on croit forcément tout ce que nous apprend cette religion-là.

— C'est quoi, une religion ?

— C'est pour aider les hommes à se retrouver quand ils sont un peu paumés.

— Paumés ?

— Perdus, quoi !

— Nous, on a perdu Maman. C'est pour ça qu'on est chrétiens ?

— Pas vraiment. Tout chrétien que je suis, je ne crois pas à la lettre ce que la religion raconte. J'aimerais bien lui faire confiance, mais j'ai besoin de preuves ! Regarde, quand j'ai perdu ma maman, on m'a dit qu'elle allait au paradis mais elle ne m'a jamais téléphoné de là-haut pour me dire : Bonjour, je suis au paradis. Je vais te le décrire... C'est pourquoi je préfère penser qu'elle est au ciel et qu'elle est devenue une fée sur une étoile, comme ta maman.

— Pourquoi dis-tu maintenant ta maman ? Avant, tu disais Maman, tout court.

— Parce que ce n'est pas ma maman.

— Mais avant non plus, elle n'était pas ta maman.

— Alors, c'est parce qu'on ne se voit plus et qu'on ne forme plus un triangle.

— Un triangle, c'est mieux qu'un rectangle ?

— Non, c'est différent. Un triangle, c'est une maman, un papa et un bébé.

— Je ne suis plus un bébé.

— Pardon, un petit garçon. Et un rectangle, c'est la même chose mais avec deux enfants.

— Tu aimerais me faire un petit frère ou une petite sœur ?

— Non, d'abord parce que ce n'est plus possible avec Maman. Mais aussi parce que j'ai envie de te garder tout seul comme bout'chou. Je veux que tu restes mon petit homme, j'ai besoin d'un petit gars pour accompagner la deuxième partie de ma vie. J'ai envie d'être moins égoïste, de tout partager avec toi parce que tu es la chair de ma chair.

— C'est dégoûtant. Qu'est-ce que ça veut dire ?

— C'est une expression. Ça veut dire que le même sang circule dans tes veines et dans les miennes.

— Fais voir !

— Ah non, pas maintenant. De toute façon tu ne verrais rien. Ils sont rouges tous les deux.

— Et c'est avec du sang qu'on fabrique les bébés ?

— Pas tout à fait mais presque.

— Avec quoi, alors ?

— Avec du liquide pour bébé que le père donne à la mère.

— Et elle, elle ne donne rien ?

— Si, son amour. Et c'est ça qui fait un chouette bébé. »

C'était déjà une longue conversation. J'avais encore des centaines de questions à poser, mais je sentais qu'on avait dépassé depuis longtemps la fin de l'heure de la classe. J'avais un peu faim et je m'inquiétais pour le travail de Papa. Il devança mes craintes.

« Vas-y, j'ai tout mon temps, c'est vraiment

bien ce qu'on se raconte. Tu veux ajouter quelque chose ?

— Non.

— Tu es sûr ?

— Oui, oui, ça va. »

Ça n'allait pas tant que ça. Papa le devina.

« Allez, mon cœur, je te vois gigoter comme quand tu as envie de faire pipi. Tu as envie ?

— Non.

— Alors, jette-toi à l'eau, pose-moi ta question. »

Je le regardai un long moment par en dessous, puis je me cachai les yeux sous les mains que j'avais croisées sur la table. Quand je les relevai vers lui, ce fut pour dire :

« Tu crois que quand vous m'avez fabriqué, vous avez mis beaucoup de liquide et beaucoup d'amour ? »

Papa riait et pleurait un peu en même temps. J'avais raison de me méfier, je n'aurais pas dû poser ma question.

« Pour le liquide, je ne sais pas, mais pour l'amour, j'en suis sûr. Pourquoi me demandes-tu ça ?

— Parce que vous ne viviez pas ensemble. Vous ne vous parlez plus et vous n'avez jamais vécu dans les mêmes maisons.

— Les maisons, c'est pas grave. Ça t'en faisait deux au lieu d'une. Et si on ne parle plus avec Maman, enfin si on ne se parlait pas ces derniers temps, c'est qu'on ne s'entendait plus. Mais tout ça, c'est du passé.

— Et si Maman n'était pas morte, tu l'aurais aimée à nouveau ?

— Il ne faut jamais poser des questions avec des si. Et si tu n'étais pas né ? Et si je n'étais pas né ? Qu'est-ce qu'on serait ?

— Rien.

— Et aujourd'hui, qu'est-ce qu'on est ?

— On est les rois du monde ! »

Il me pressa très fort contre sa poitrine, me couvrit de baisers — ce qu'entre nous je n'aimais pas trop — et ne put s'empêcher de conclure par sa question rituelle.

« T'aimes Papa ?

— T'aime Papa ! »

Il était content pour la semaine et peut-être pour le mois…

La classe se terminait en général à onze heures sauf quand des questions me brûlaient encore les lèvres. Papa rangeait alors mes cahiers d'écolier et en sortait un autre, le sien, tout noir et rigide, avec des spirales en métal que je lui enviais. La tranche des pages était argentée, tout comme le petit sigle en forme de calèche qui ornait discrètement la couverture. Une page de garde de la même matière (un carton qui avait l'apparence de la tuile) laissait apparaître une découpe de dix centimètres sur cinq. Et c'est dans ce rectangle qu'il avait inscrit le titre de son livre sur un papier magnifique (avec en filigrane un mot bizarre que je suis fier d'avoir déchiffré grâce aux cours de Papa mais dont je serais incapable de donner la signification). La couverture et la page de garde cachaient bien le titre du livre mais un matin de grand vent je crus y lire le nom de maman et cela me fit couler deux larmes.

C'est sans doute ce jour-là que je pris une habitude qui fit fondre mon père.

« T'aime Papa », lui dis-je sans qu'il eût à me questionner. Il attendait ce moment depuis si longtemps…

Ça lui donnait du baume au cœur pour commencer son livre. De sa table, il pouvait me surveiller tout en travaillant ou en rêvassant. Je passais des heures au bord du lagon à essayer de déterrer des crabes insaisissables et à jouer avec les puces de mer en me méfiant des *moka-fuï* qui eux pouvaient piquer et laisser des cloques. Je fis aussi un tri parmi les coraux rejetés par la mer. Je ne gardai que ceux dont l'apparence rappelait une croix et je me fabriquai un cimetière avec des petites tombes bombées de sable et ornées de crucifix de corail. Je construisis un mur autour et un portail que je renforçai pour résister aux assauts des vaguelettes du lagon. Le lendemain, je vérifiai la solidité de mon ouvrage et je le fortifiai encore davantage avec des algues herbeuses. Un jour, me vint l'idée bizarre d'y construire un circuit automobile avec ponts, tunnels, lignes droites interminables, virages et chicanes entre les tombes. A l'aide de coquillages pour représenter les voitures, je m'amusais comme un petit fou en prenant garde à ne pas écraser mes monuments funéraires.

Papa s'inquiéta de mon manège et me fit des remontrances. Il m'expliqua qu'à Madagascar les morts étaient traités comme des vivants et que, régulièrement, leur famille leur organisait une grande fête au cours de laquelle on sortait le corps de sa tombe, histoire de lui faire faire un petit tour pour se dégourdir les membres et respirer une fois de plus l'air du pays, après quoi on lui faisait regagner sa boîte. On appelait cela le Retournement des Morts. Il me promit de demander à Pierre d'assister à l'une de ces cérémonies.

Deux semaines plus tard, notre vœu fut exaucé.

C'est un ami de Pierre qui nous invita à « son » Retournement des Morts. En l'occurrence celui de son père, disparu un an plus tôt. Ce mot de retournement me faisait peur. J'imaginais des petits garçons poussant le corps du haut de la colline et le regardant dévaler en rigolant. Puis je me dis que la mort c'était une affaire sérieuse et qu'on ne pouvait pas la traiter par-dessus la jambe. Je me persuadai alors que cela devait se passer comme dans les caves de champagne que nous avions visitées dans la ville natale de Papa : un sommelier passait tous les jours pour incliner d'un quart de tour des milliers de bouteilles afin de diluer tout dépôt. Je pensais que pour les corps, on allait peut-être jusqu'à un demi-tour, mais les imaginer la tête en bas me paraissait trop ridicule. Ça ne devait pas être si drôle d'être enfermé dans un trou, en plein noir, s'il fallait en plus vous obliger à piquer du nez vers le sol… Alors peut-être les couchait-on sur le côté, puis sur le dos, puis sur l'autre côté…

J'en étais là de mes réflexions quand Serge, l'ami de Pierre, vint me raconter comment cela se passait. Il m'expliqua pourquoi ce culte des morts avait tant d'importance et d'où venait ce mot de tabou que j'entendais régulièrement depuis notre arrivée à Sainte-Marie. Il s'agissait d'endroits où personne n'avait le droit de s'aventurer pour ne pas gêner les morts qui y dormaient ou y avaient dormi. Toute construction y était interdite et le contrevenant s'exposait à des représailles, non seulement de la part de la population alentour, mais aussi des morts eux-mêmes qui jetaient de tels sortilèges sur le rebelle qu'il ne tardait pas à déménager, à détruire sa propre maison et parfois, dans les cas les plus graves, à rejoindre lui-même le Royaume de l'Au-Delà, victime d'une maladie inexpliquée.

Serge nous présenta à sa famille et nous nous engageâmes pour une longue équipée à l'intérieur de l'île, parcourant des villages où l'on nous proposait souvent de la vanille, en magnifiques gousses luisantes. Papa en acheta pour l'offrir au mort, me dit-il. Quelle idée ! Il faut dire que chaque membre de l'expédition avait apporté des offrandes pour le père de Serge et des victuailles en grand nombre.

Nous arrivâmes enfin au cœur de la brousse, en un lieu inhabité mais où l'on devinait une étrange présence. Quatre symboles en bois flotté délimitaient le terrain du mort. Le silence se fit, les trois frères de Serge l'aidèrent à soulever la dalle du tombeau, puis les femmes apportèrent un nouveau linceul, un *lamba mena*, pour remplacer l'ancien qui partait en lambeaux.

Papa ne voulait pas que je m'approche. Pour une fois que j'aurais vu des os ! Même en me dressant sur la pointe des pieds, je n'aperçus rien. Mon père m'expliqua que nous étions les seuls Blancs de la cérémonie, que nous ne faisions pas partie de la famille ni des amis du mort, que nous ne l'avions même pas connu et qu'il fallait rester discrets.

Pourtant, le recueillement qui avait entouré le changement du linceul laissa place à une incroyable exubérance dès que le père de Serge apparut au grand jour, tout de neuf vêtu, porté à bout de bras sur une natte par ses quatre fils. Tout le monde se mit alors à chanter pendant que ce pauvre homme était trimballé comme un trophée aux quatre coins de son terrain. Avant de regagner son domicile, sans avoir perdu un os en route.

Je ne voyais rien de ce qui se passait dans son drap. Ce que je vis en revanche — en déjouant la surveillance de Papa pour m'approcher du tombeau —, c'est qu'il y avait à l'intérieur des fleurs et des petits présents. Et que le mort ne fut point retourné ni même incliné comme une bouteille de champagne.

« Papa ! on ne l'a pas retourné ! criai-je, courant vers lui.

— Chut ! dit-il en souriant malgré tout.

— Mais tout le monde chante, tout le monde danse ! »

Et j'esquissai quelques pas de rock comme je l'avais vu faire à la télévision.

L'assistance se mit à rire en me montrant du doigt. Les femmes surtout redoublèrent leur rythme, se dandinant, les mains sur les hanches. L'une d'elles voulut même m'inviter à danser, mais je n'aimais pas qu'on me regarde. Je m'arrêtai et je me cachai le visage dans les mains.

Papa vint à mon aide.

« Dis Papa, ils ne l'ont pas retourné. »

Cette fois, je chuchotai.

— Peut-être nous sommes-nous trompés. Il est simplement retourné chez lui. Voilà ce que cela veut dire. »

Et Maman ? me demandai-je sans interroger Papa qui prenait trop ses aises avec la vérité. Est-elle retournée chez elle, donc chez nous ? J'avais beau agiter l'histoire dans tous les sens, je voyais bien que je n'avais pas de chagrin, donc que ma mère ne pouvait pas être morte « pour de vrai », comme disent mes camarades de la classe de Mlle Véronique. Papa non plus n'a pas l'air triste, ça aussi c'est un signe, non ? Mais comment lui poser la question ? Il me répond toujours à côté.

Après avoir refermé le tombeau, les enfants du mort chantèrent encore, par intermittence, puis s'assirent autour d'une nappe. Les femmes se mirent aux fourneaux et préparèrent toutes sortes de morceaux de zébu accommodés différemment. Les hommes burent de la bière et la conversation dégénéra doucement. A ce que nous dit Serge, mille plaisanteries s'accumulèrent sur le disparu. Chacun se remémorait ses grandes qualités amoureuses, ses petits travers, ses illusions perdues.

Certains s'allongèrent, eurent peut-être une pensée pour celui qui reposait comme eux et qui ne les précédait que de quelques mois ou quelques années, d'autres s'endormirent, d'autres enfin chantèrent à voix basse des mélopées. La fête était finie. Les futurs morts avaient une nouvelle fois enterré leurs morts.

Quelques jours après la cérémonie, alors que j'en rêvais encore chaque soir, l'Homme à la tête de fouine vint voir Papa et lui demanda sur un mode doucereux comment il avait réussi à se faire inviter à une célébration à laquelle les non-Malgaches, les *vazahas,* n'étaient pas conviés. Puis il lui posa toutes sortes de questions sur sa profession, sur Paris et même sur moi.

Je sentais mon père se fermer comme une huître, je percevais distinctement la répulsion que l'homme au panama blanc lui inspirait. Tout était trouble dans sa façon de s'imposer à nous, de prétendre à une familiarité que seule sa nationalité d'origine autorisait. Il s'était fait naturaliser malgache au moment de l'indépendance. Officiellement, il s'affichait comme représentant de la compagnie aérienne locale mais, vu le nombre de vols par semaine, il ne devait pas être surchargé de travail. Pierre pensait qu'il avait des activités non avouées car il avait survécu à tous les régimes depuis quarante ans. « Sans doute barbouze, peut-être flic », disait notre ami. Barbouze, ça m'étonnerait, il était glabre comme un œuf. Je pencherais plutôt pour un détective de la Carte bleue chargé de pister dans le monde entier ceux qui, un jour ou l'autre, en avaient fait craquer une, mais je me gardais bien d'en parler à Papa car je ne voulais pas l'inquiéter.

Eut-il alors la même impression que moi ? Toujours est-il que, peu de temps après, nous déménageâmes une nouvelle fois, mais à l'autre bout de l'île, très loin de l'aéroport et de l'Homme à la tête de fouine.

Papa avait choisi la pointe nord de l'île, là où Pierre avait aménagé une jetée pour le petit bateau à fond de verre qu'il mettait à la disposition des rares touristes de l'île souhaitant voir de près la migration des baleines.

Les grosses bêtes ne séjournaient là que deux ou trois mois, le temps d'accoucher de leurs petits, de leur apprendre à évoluer dans l'eau avant de repartir dans leur mer d'origine, tout près de la banquise, au-delà des îles Kerguelen. Dire qu'à bientôt quatre ans je ne savais toujours pas nager et qu'en quelques jours les baleineaux évoluaient comme des grands...

Nous construisîmes une grande case tropicale, plus spacieuse que la précédente, avec l'aide de Pierre et de ses employés. Mais, isolés de tout, nous n'avions plus l'électricité, ce qui nous amena à nous coucher avec les poules et à nous lever encore plus tôt, en même temps que le soleil, un peu avant six heures. Nos horaires en furent décalés. Nous commencions la classe vers les sept heures, après le jogging de Papa et notre petit déjeuner, et à neuf heures et demie, j'étais libre. J'en profitais pour m'aventurer chaque jour un peu plus loin avec mon vélo et je vécus comme une victoire la première fois où je fus, sans avoir peur, hors de portée du regard de mon père.

Au bout de quelques semaines de tâtonnement, je découvris un village qui n'avait sans doute jamais vu un petit garçon blond : à la manière dont les mamans me regardaient et dont leurs enfants touchaient mes cheveux, je devais faire l'effet d'une perle rare. A coup sûr, j'étais vraiment le roi de ce monde-là, et cette fois, tout seul, sans Papa. Les mamans noires avaient l'air d'être plus gentilles que les mamans blanches — sauf la mienne bien entendu. Elles n'attrapaient jamais leurs enfants, elles gloussaient entre elles. Elles mettaient leur bébé dans leur dos, comme un chiffon, mais il n'avait pas l'air de se plaindre. Et, de temps à autre, quand elles assuraient leur fardeau d'un mouvement du bras, elles découvraient un sein lourd dont la furtive contemplation me laissait songeur...

Je gardai mon secret pendant deux ou trois jours, de peur que Papa ne me grondât en m'interdisant de retourner au village sans lui. Il ne le fit pas, proposant plutôt de m'accompagner en courant pendant que je poussais à fond sur mes pédales. Nous nous amusions comme des gosses sur la piste car il faisait semblant d'entrer en compétition avec moi.

J'étais très fier en arrivant là-bas, non pas tant parce que j'avais gagné — je n'étais pas dupe —, mais parce que je présentai mes nouveaux amis du village à mon père. Tout le monde me connaissait et certains plaisantaient gentiment en comparant nos deux visages avec des mimiques qui voulaient dire : « Tiens, voilà la réplique du fiston. » Pour une fois ! J'avais tellement été traité à Paris de photocopie de mon père, et même une fois de décalcomanie !

Après cette visite de présentation, j'eus le droit de revenir tous les jours au village. Les enfants enviaient mon vélo, je le prêtai donc, mais ils tombaient tous presque aussitôt en riant. J'en restai ainsi l'unique propriétaire et cela me conféra définitivement le statut de roitelet du village.

Ce sont mes nouveaux amis qui me donnèrent mon baptême de pirogue. Papa m'obligea à mettre aux bras mes bouées jaunes bien que la mangrove fût très peu profonde. J'eus peur du ridicule, mais je m'aperçus vite que ces biceps de plastique me distinguaient encore davantage des autres. Ils m'installèrent en tête du bateau, comme une sorte de porte-drapeau, de figure de proue à bras jaunes. L'eau était trouble et ne me donnait aucune envie d'y tomber. Pourtant mes camarades étaient si habiles que je n'eus jamais l'impression de tanguer, d'autant qu'un balancier relié à la pirogue lui donnait équilibre et vitesse. Grâce à notre engin, nous glissions au milieu des palétuviers et le plus dégourdi des petits Malgaches allait plonger entre leurs racines pour nous rapporter de minuscules huîtres que je me suis toujours refusé à goûter et que nous allions ensuite vendre aux villageois pour quelques bonbons rancis.

Trois des enfants s'étaient fabriqué une canne à pêche de fortune et le dernier traînait derrière la pirogue une nasse tressée par son père. C'est elle qui nous permettait de recueillir les plus gros poissons, et notamment de molles anguilles parfaitement dégoûtantes. L'aspect était déjà peu engageant, le pire était pourtant à venir. Le plus âgé d'entre nous était chargé de dépecer la pauvre bête et d'en ôter la peau comme on le ferait des doigts d'un gant. Ces deux parties de l'anguille étaient soigneusement rangées dans des sacs et, là encore, nous vendions notre butin aux pêcheurs qui s'en servaient comme appâts et, pour ce qui est de la peau, de protection pour les poignées de leurs cannes à pêche.

Un jour de petit vent, ils me proposèrent de conduire notre pirogue en mer en passant par un canal d'eau boueuse le long d'un isthme. Comme nous ne nous comprenions qu'avec le langage des signes, je dis oui sans réfléchir mais quand nous arrivâmes aux premières vagues, je leur demandai de me déposer sur la plage. J'avais besoin de la permission de Papa et, pour tout dire, je n'étais guère rassuré.

A leur retour, je les trouvai très exubérants, me montrant avec force gestes des bras la forme de poissons gigantesques, l'un d'entre eux voulut m'en dessiner un avec un bâton sur le sable : c'était une baleine!

J'étais moi-même surexcité quand je racontai notre aventure à mon père. Il me dit qu'il en parlerait à Pierre. Peut-être nous organiserait-il une balade en mer...

Comme nous n'avions pas loué de voiture — pour, je suppose, soulager notre pauvre Carte bleue —, Papa décida d'aller voir son ami en courant, ce qui, selon ses calculs, lui prendrait bien trois ou quatre heures. Nous avançâmes donc l'heure de mes cours à six heures et demie, juste après le petit déjeuner. Il me donna des conseils de prudence pour mes balades avec mes petits copains et s'élança sur la plage quelques minutes après la fin de la classe.

Il ne revint avec la voiture de son ami qu'après leur déjeuner. Ils me trouvèrent au village où j'avais partagé avec une famille accueillante du mil cuit dans une feuille de bananier et une noix de coco qu'ils avaient tranchée à coups de machette : trois entailles pour dégager une ouverture et, sitôt le lait bu, une autre pour couper la noix en deux et une dernière pour confectionner une sorte de cuillère très solide afin de dégager la chair succulente du coco.

Pierre décida de remorquer avec son bateau la pirogue de mes camarades, dans laquelle je trônais toujours aussi fièrement avec mes bouées, sous le regard attentif de mon père.

Peu de temps après, notre ami poussa un cri. Il venait d'apercevoir sa première baleine. Elle se laissa facilement approcher.

Pierre prit alors une décision extraordinaire. Il me fit monter sur son bateau, m'équipa de palmes et d'un masque, se harnacha à son tour, ôta mes bouées jaunes… me poussa à l'eau et plongea aussitôt.

Passée la première seconde de surprise, je me sentis extraordinairement bien dans l'eau, sans la moindre appréhension. Pierre me tenait sous le ventre d'une main ferme et Papa nous suivait de près. De temps à autre, il me faisait remonter à la surface, m'apprenait à respirer un bon coup et replongeait avec moi. J'étais devenu dauphin. Avec son gros nez bourbonien, Pierre l'était encore davantage que moi. Mon père nageait désormais à nos côtés. De temps à autre, notre ami, qui m'avait appris à battre des pieds avec mes petites palmes, me lâchait complètement. Papa prenait le relais avec sa main gauche au bout de quelques secondes, mais je sentais confusément que je pouvais dès lors me débrouiller tout seul.

Et c'est précisément au moment où je me retournai, fier comme Artaban, pour montrer à mes amis malgaches que j'étais désormais capable de nager tout seul et sans bouées, qu'une vague, beaucoup plus forte que les autres, me submergea et que je bus la tasse.

Deux bras vinrent aussitôt à mon secours. Je suffoquai un peu. Pierre et mon père, qui s'étaient à leur tour retournés, me tapèrent dans le dos et j'eus la vision surprenante de mes petits camarades sautant tous de leur pirogue et barbotant vers moi en jacassant. Je crus qu'ils voulaient me secourir. Pensez-vous ! Ils nous dépassèrent en criant de plus belle ; nous fîmes donc demi-tour et j'eus, comme Papa je crois, la surprise de ma vie.

La vague qui venait de me recouvrir était d'origine surnaturelle : une énorme baleine !

L'animal évoluait à quelques mètres à peine de nous et se jouait de ces obstacles dans son aire de navigation. Les petits Malgaches avaient beau hurler de joie, la baleine ne s'effrayait pas.

Pierre redressa alors son long nez et me porta à bout de bras : « Elle a son baleineau », criait-il comme si la seule baleine n'était pour lui que quantité négligeable. Il avait tellement l'habitude... Je ne voyais rien. « On va plonger, me dit-il, mais surtout ne touche pas au petit. Tu peux faire ce que tu veux avec la mère, peut-être même la chevaucher, mais ne t'approche pas du baleineau. »

Au terme de trois plongées, je finis pai apercevoir le bébé. Quel bébé ! A quelques semaines, il était déjà cent fois, mille fois plus gros que moi. Comment sa maman avait-elle pu expulser un pareil monstre ? Je comprenais mieux pourquoi Pierre nous avait expliqué au début de notre séjour que ces bêtes-là pouvaient à la naissance couler à pic et exploser comme des outres si l'océan était trop profond. C'est pourquoi elles optaient pour le lit du canal. J'avais entendu dire que des femmes accouchaient dans des piscines. Que devenaient alors les bébés ? Est-ce pour ne pas les perdre qu'ils étaient reliés à leur mère par un cordon ombilical ? Pourquoi alors les baleines n'en avaient-elles pas ? Et moi, au fait, en plongeant comme je le faisais par intermittence depuis un quart d'heure, ne risquais-je pas d'exploser ? Que deviendraient mes os ? Papa pourrait-il tous les récupérer ? Les mettrait-il avec ceux de Maman ? Les baleines allaient-elles les manger ? Non, en principe, puisqu'elles ne mangeaient que du poisson. Et encore du tout petit, du plancton, qu'elles filtraient à travers leurs fanons…

Pierre à mon côté était fou de joie pour

moi. Nous tournions autour du baleineau, à distance convenable, la baleine tournait autour de nous, beaucoup moins raisonnablement, Papa et son ami tournaient autour de moi. C'était un ballet infernal, magnifique.

J'étais poisson, j'étais oiseau, je volais comme Jonathan le Goéland qui piquait dans les eaux en allant chercher sa nourriture et qui narguait ensuite le soleil pour se sécher jusqu'à s'en brûler les ailes.

J'étais le petit garçon le plus heureux du monde. Presque autant que le baleineau qui, lui, avait encore la chance d'avoir sa maman. La mienne devait évoluer au-dessus de moi, dans le ciel, mais de jour on ne voit pas les étoiles. Où étaient-elles ? Où était ma maman-étoile, ma baleine disparue ? Je la sentais si proche de nous qu'il était impossible qu'elle soit morte.

J'avais renoncé à interroger Papa. Je le laissais à ses ambiguïtés. Si au moins cela pouvait lui faire plaisir…

Les baleines partirent une à une à la mi-octobre. Nous avions souvent replongé en leur compagnie, avec ou sans Pierre, parfois seulement avec les enfants et leur pirogue. Plus jamais je n'utilisai mes bouées, j'en fis des petits ballons de football qui expirèrent au fil des semaines en se frottant de trop près aux cactus. J'étais devenu un grand garçon, sans besoin d'assistance.

La dernière baleine disparut le 2 novembre, jour des morts, me dit Papa. C'est drôle ce jour des morts. Pourquoi faut-il qu'on leur dédie un jour de l'année ? Après tout, ils sont morts tout le temps et ce n'est pas juste de ne penser à eux qu'à ce moment-là. Moi, je pense à Maman tous les jours. Simplement, je ne me souviens plus tout à fait de ses traits… Je pense que je la reconnaîtrais les yeux fermés à son parfum, à la façon qu'elle avait de se déplacer dans l'espace, mais je me prends parfois à rechercher son visage. Dans ces cas-là, je ferme très fort les yeux pour me concentrer. Des couleurs apparaissent, changent comme dans un kaléidoscope et, avec un peu de chance, lorsque revient le noir absolu, j'aperçois Maman.

Contrairement à ce que m'avait promis Papa, jamais elle ne m'est apparue en rêve. Suis-je d'ailleurs bien sûr de rêver ? Je pense, c'est clair, pendant un temps qui me semble très long lorsque Papa me couche et qu'il continue à lire des livres ou à écrire le sien. Je pense aussi parfois juste avant l'aube, en attendant que le store de feuilles de palme devienne vert laiteux. Mais je ne sais pas vraiment à quoi je pense. Je fais du calcul, je chantonne, me dit Papa.

Pourquoi ne rêvé-je jamais de Maman ? Peut-être parce qu'elle n'est pas morte ? Papa n'en est pas à sa première approximation. Il m'avait bien juré que je la verrais en songe... Pourtant, quand je regarde l'étoile qu'il m'a montrée la première fois, je suis sûr qu'elle est là et qu'elle me fait de l'œil. Alors, à mon tour, je cligne des yeux (en fait seulement l'œil droit, l'autre je ne sais pas faire).

Jour des morts donc. Jour de Maman. Jour des disparus aussi. Francisca me manque. Peut-être viendra-t-elle nous rejoindre ? Si elle est encore en vie. Sinon, Papa me l'aurait dit.

Avec le départ des baleines, j'ai deviné que notre tour approchait. Et j'en ai ressenti une immense nostalgie. Je crois que je viens de vivre les plus beaux mois de ma vie. Je suis encore tout jeune mais, j'en suis sûr, il me sera impossible de retrouver tant de quiétude, tant d'insouciance, tant de sérénité.

Papa lui-même était heureux. Personne ne pouvait le joindre au téléphone, nous n'avions ni la télévision ni la radio. Il ne lisait aucun journal. De temps à autre, Pierre, qui à l'autre bout de l'île était resté grâce à sa parabole accroché à sa planète Terre, lui donnait des nouvelles du pays ou du monde. La plupart du temps, ça lui glissait dessus comme une goutte de rosée sur une feuille de palétuvier.

Il y avait longtemps que son walkman n'avait plus de piles. Il se gardait bien d'en demander à Pierre. Il n'avait emporté de France que quelques CD, deux opéras, des chants pour un enfant mort qui le mettaient dans un état tellement épouvantable que j'aurais préféré des histoires de maman morte, et une chanson de Michel Berger dont je ne sais trop si elle lui faisait du mal ou du bien ; sans doute un peu des deux.

N'ayant plus de musique à se mettre dans l'oreille, il m'imitait, il chantait parfois. Ceux qui le connaissent en France n'en seraient pas revenus !

Le jour de mon anniversaire, le 11 novembre, il entonna des airs de circonstance, et me fit découper et colorier des guirlandes de papier que nous accrochâmes dans l'arbre du voyageur qui abritait notre maison de ses ailes bienfaisantes. Un anniversaire sans Maman, c'était quand même un peu bizarre. Mais il me fit ce jour-là un cadeau que je garderai avec moi toute ma vie ; j'aimerais bien qu'on le mette dans ma tombe si on doit me retourner un jour et qu'on l'ait oublié la première fois : deux petits dauphins sculptés dans un bois flotté qu'il avait dû ramasser sur la plage et qu'il avait travaillé amoureusement en cachette, sans doute le soir, quand il m'avait bordé. J'aimais tellement ces moments-là, son odeur quand il se penchait pour m'embrasser et qui ne ressemblait pas au parfum de Maman, les bêtises qu'il me racontait à l'oreille alors que personne n'aurait pu nous entendre, même s'il avait hurlé... (espèce d'artichaut, je vais te manger le cœur... méchant crocodile, je vais me faire des chaussures avec ta peau... petit baleineau, je vais te transformer en ballon de football)

Tous ces légers bruits qui annoncent la nuit, ce petit peuple nocturne qui s'agite et qui fait habituellement si peur quand on n'a pas un grand papa pour vous protéger juste à côté, un papa qui travaille encore bien après qu'on s'est endormi...

C'est donc à cela qu'il consacrait ses soirées

depuis quelque temps, à ces deux dauphins qui s'embrassaient sur le museau, un tout petit et un autre minuscule. « Le père et le fils », me dit-il comme si je ne l'avais pas deviné !

Le lendemain, Pierre nous invita à fêter mon anniversaire chez lui. Quand il sut que l'homme au panama blanc serait là, lui aussi, Papa préféra décliner : « Après tout, c'est un jour comme les autres, m'expliqua-t-il. J'ai toujours détesté les anniversaires, on est tellement plus vieux après, et pour la peine, on se couchera plus tôt, je n'ai plus à sculpter tes dauphins. On ne verra pas le temps passer… »

Il avait parlé trop vite. Serge, notre ami de la cérémonie du cimetière, et l'un de ses neveux nous firent la surprise de venir nous voir à la tombée de la nuit, apportant avec eux des nourritures exquises. Papa, un peu gêné, n'avait aucun alcool à leur offrir, Serge l'arrêta. « Ton cadeau, c'est ton petit garçon, le village d'à côté l'a adopté et l'île tout entière ne parle que du petit blond bouclé presque aussi bronzé qu'un Malgache ! »

Ils restèrent une heure à nous raconter les coutumes et les légendes de leur pays puis partirent dans la nuit tiède.

Ils nous avaient ce soir-là donné une joie simple, celle de l'amitié qui ne se dit pas. Je m'endormis heureux, sans penser comme à mon habitude, et je crois que Papa ne tarda pas à suivre mon exemple.

Les jours s'écoulaient désormais beaucoup trop vite. Je pressentais si fort l'imminence d'un départ que je ne savais plus quoi faire pour empêcher le soleil de se coucher. Je priais ; ça ne servait à rien. En attendant, il faisait toujours aussi chaud, toujours aussi beau, sous les tropiques et dans nos cœurs.

J'avais maintenant quatre ans. Je savais compter jusqu'à cent, écrire les yeux fermés toutes les lettres de l'alphabet et même laisser des mots à mon père pour lui dire où j'étais avec mes amis du village. J'avais appris quelques rudiments de malgache et je me mettais en tête de leur apprendre, à mon tour, à écrire.

Ils avaient des jeux de grandes personnes :

monter dans les arbres pour cueillir des noix de coco, couper les cannes à sucre pour en faire de gigantesques flûtes, tirer sur la queue des lézards pour la leur arracher... Ils riaient tout le temps. Le soir on ne voyait que leurs dents. Et, parfois, ils jouaient à me faire peur, comme dans ce vieux cimetière de pirates à l'abandon où ils se cachèrent un jour derrière une tombe à tête de mort. Dans l'obscurité naissante, ils s'amusèrent de ma pauvre figure déconfite, se turent quelques minutes puis sautèrent sur la tombe en poussant des cris de sapajous. J'avais eu la peur de ma vie.

Il se mit à pleuvoir et, dans la nuit, l'inondation de la piste rendit impossible mon retour en vélo. La famille de mon copain Bidou m'installa donc dans un hamac pour dormir, mais je ne pus fermer l'œil. Il y avait dans la case une odeur entêtante de charbon de bois et j'étais mort d'inquiétude à l'idée de la propre angoisse de mon père.

En pleine nuit, j'entendis soudain un grand brouhaha. Je vis des torches s'allumer, je distinguai des voix se rapprochant, des pas qui se dirigeaient vers la case où Bidou m'avait abrité et j'aperçus, démesurément agrandie par l'ombre portée des flammes, la silhouette immense d'Indiana Jones venant me délivrer. C'était Papa, affublé d'un manteau de pluie en plastique léger et d'un chapeau de coureur de brousse. Il avait bravé la nuit et la pluie pour venir me secourir. C'était un bon papa.

Ma seconde frayeur suivit de près la première. Un ou deux jours tout au plus. Elle fut beaucoup plus sourde. Alors que notre vie de Robinson s'était déroulée sans le moindre nuage, que je commençais l'apprentissage accéléré de la géographie et de quelques notions d'histoire, que je parlais le malgache comme le président de la République à Tana et que nous nous enfonçions avec bonheur dans ce qui ressemblait au paradis, mon père reçut un matin une visite qui ne laissait rien augurer de bon : l'Homme à la tête de fouine.

Plus cauteleux que jamais, ruisselant dans son costume de lin froissé, il tournait et retournait son panama dans ses mains en baissant la voix lorsqu'il me vit arriver du village, peu avant le crépuscule. Il passa sa main dans ma chevelure, m'inspirant un sentiment comparable à celui que j'avais ressenti lorsque des chauves-souris m'avaient frôlé dans le train fantôme, et se fendit à mon endroit d'un compliment parfaitement inutile.

J'avais perçu dans leurs propos le mot mandat qui me conforta dans l'idée que Papa ne devait pas être très net avec sa banque ; en fait je m'aperçus après son départ que la situation était encore beaucoup plus grave.

« Ce n'est pas une question d'argent, mon cœur, ici nous ne dépensons rien ; seulement, dans mon intérêt, et surtout dans le tien, il va falloir que nous quittions Sainte-Marie et que nous retournions à Paris. »

J'étais effondré. Papa aussi, mais il s'efforçait de paraître responsable aux yeux de son fiston.

« Les plus grandes aventures ont une fin, me dit-il. Ce furent les plus belles vacances de ma vie. Trois mois de bonheur avec mon baleineau… Je t'aime. »

Je demeurai silencieux, abattu par cette

nouvelle à laquelle je m'étais pourtant préparé de toutes mes forces.

« Tu veux savoir pourquoi l'on rentre ? poursuivit-il.

— Non.

— Tu sais au moins qui tu vas retrouver à Paris ?

— Francisca.

— Et puis ?

— La maîtresse.

— Et puis ? »

Une nouvelle fois je me tus. Je savais tellement où il voulait en venir.

« Tu sais, Maman…

— Oui.

— Oui, quoi ?

— Oui, continue. »

J'étais bien décidé à le laisser s'embourber... même si mon cœur battait la chamade comme jamais.

« Maman, elle n'est pas vraiment morte. »

Il avait lâché son aveu dans un souffle, à peine audible.

« Ah bon ! Et l'étoile dans le ciel ?

— Elle est redescendue sur terre. Et puis, il y a morte et morte.

— Alors Maman, elle est morte-morte ou à moitié morte ?

— Elle est morte dans mon cœur, mais je sais qu'elle t'aime et qu'elle ne sera jamais morte dans le tien. Dis-moi, tu le savais, hein ? »

Je ne répondis rien.

Le soir, j'entendis mon père pleurer dans son lit, comme un tout petit garçon.

L'homme au panama blanc vint lui-même nous apporter les billets d'avion. Je n'eus pas le courage d'aller dire adieu à mes camarades du village.

Pierre et Serge nous accompagnèrent à l'aéroport de Sainte-Marie pour le vol de Tananarive. L'un et l'autre étreignirent longuement mon père qui demeurait prostré. Il ne dit pas un mot durant tout le voyage.

Il resta également silencieux dans l'avion Tana-Paris, refusa de lire les journaux et de regarder le film. Il commanda force champagne, ce qui m'inquiéta — il n'avait plus bu une goutte d'alcool depuis nos apéritifs au rhum coco, les fesses dans le lagon, au début du séjour — et demanda des cachets pour dormir.

Il m'attira une dernière fois contre son cœur qui battait très vite et me dit :

« Je t'aime, mon fils. »

Je lui répondis pour une fois sans calculer :

« Je t'aime, Papa », et je pressai dans ma paume les deux dauphins qui ne me quittaient plus.

Avant de s'endormir, il m'a donné son livre, m'a embrassé dans le cou et m'a dit à l'oreille :

« Je sais que tu savais. Pardonne-moi de t'avoir menti. »

Bien sûr que je te pardonne, vieux Papa. Ton conte d'étoile et de fée était aussi joli à écouter qu'au fond impossible à croire puisque je n'avais pas vu le corps de Maman. Mais je ne t'en veux pas de m'avoir laissé dans mon histoire et encore moins de m'avoir emmené avec toi. On a tous les deux vécu quelque chose de très beau, de très fort.

Tu aurais été en revanche impardonnable si tu m'avais laissé dans les griffes de Yeux jaunes dont j'aurais tout de suite repéré les lèvres effilées comme des sabres à notre arrivée à l'aéroport, derrière la vitre, s'il avait accompagné Maman. Par chance, elle était seule et me criait des mots que je ne pouvais entendre.

De l'autre côté du couloir, il y avait deux policiers qui attendaient Papa en compagnie d'un homme en civil, sévère comme la justice. Ils sortirent un papier, lui parlèrent de « non-présentation d'enfant » et lui demandèrent de les suivre. Il eut un pauvre sourire pour me dire au revoir en s'excusant. Je crus entendre : « Ça ne durera pas très longtemps, tu m'apporteras des oranges. » Je ne savais pas ce que cela voulait dire. Ce que je sais, c'est que mon père est un type formidable.

Paris - Dakar, 10 avril 1998.
Sydney - Paris, 10 août 1998.

La composition de cet ouvrage
*a été réalisée par l'***Imprimerie Bussière,**
l'impression et le brochage ont été effectués
sur presse Cameron dans les ateliers
de Bussière Camedan Imprimeries
à Saint-Amand-Montrond (Cher),
pour le compte des Éditions Albin Michel.

Achevé d'imprimer en février 1999.
N° d'édition : 18170. N° d'impression : 990600/4.
Dépôt légal : février 1999.